Andre Mairock

Das Versprechen der Anna Hofer

Andre Mairock

Das Versprechen der Anna Hofer

Roman

rosenheimer

2. Auflage der überarbeiteten Ausgabe

Sonderausgabe 2000 für den Verlag Das Beste GmbH,
Stuttgart, Zürich, Wien

Titel der Originalausgabe: „Die Kronecker"
Titelfoto: Michael Wolf, München
Satz: Satz & Layout Fruth GmbH, München
Druck und Bindung: Wiener Verlag, Himberg
Printed in Austria

ISBN 3-87070-905-7

1

Als der alte Hofer sich zum Sterben hinlegte, konnte er auf ein Leben voll harter Schicksalsschläge zurückblicken. Die Neider, die es überall gibt, sahen freilich nur, dass er von einem der prächtigsten Einödhöfe gehen musste, der stolz am Hang eines sanft ansteigenden Hügels lag, umgeben von blühenden Wiesen und fruchtbaren Kornfeldern, die, soweit das Auge reichte, zu den hauseigenen Liegenschaften zählten. Sogar der dunkle Hochwald, der hinter den Höhen der lang gestreckten Hügelkette hervorschaute, gehörte dazu.

Man sieht oft nur den Besitz und den äußeren Erfolg eines Menschen. Dass er aber wie alle anderen Menschen auch den Leidensstationen des Lebens ausgesetzt ist, daran denkt man nicht oder man sagt sich, dass er in seinem Reichtum alles leichter ertragen kann als der Arme, der sich immer auch um seinen Lebensunterhalt sorgen muss.

Für den alten Hofer war es schwer zu ertragen, dass seine zwei Söhne, von denen der ältere zum Hoferben bestimmt gewesen war, kurz hintereinander in kaum der Schule entwachsenem Alter auf tragische Weise ums Leben gekommen waren. Der jüngere ertrank beim Baden im nahe gelegenen Altrieder See und konnte erst nach langem Suchen geborgen werden. Zwei Jahre darauf wurde der ältere der beiden Söhne, der Hoferbe, auf freiem Feld vom Blitz erschlagen, als er bei einem schweren Gewitter unter einem Baum Schutz gesucht hatte.

Solche Schicksalsschläge sind für Eltern harte Prüfungen. Von ihren drei Kindern verblieb den Hofers nur noch das jüngste, die Tochter Anna, die damals noch im schulpflichtigen Alter war. Als der auf so unglückliche und erschreckende Weise ums Leben gekommene Hoferbe beerdigt wurde, war die Mutter, ohne es schon zu wissen, aber noch einmal schwanger: Wer hätte auch annehmen mögen, dass sie in ihrem vorgerückten Alter und nach so langer Zeit nochmals ein Kind bekommen würde?

Als es aber an der Schwangerschaft nichts mehr zu zweifeln gab, wussten die Hofers nicht, sollten sie sich deswegen freuen oder ängstigen. War es ein Glück oder erwartete sie nur wieder ein neuer Schicksalsschlag?

Zum einen ging es ihnen um den männlichen Hoferben – vielleicht schenkte ihnen der Himmel doch nochmals einen Sohn –, zum anderen aber bedachten sie ihr Alter. Wenn es bloß zu keinen Komplikationen kam!

Es kam zu Komplikationen. Die Bäuerin gebar einen überaus kräftigen Knaben, aber eine bald nach der Entbindung einsetzende Blutung, die zu spät behandelt wurde, brachte ihr den Tod; denn der herbeigerufene Arzt konnte nichts mehr ausrichten.

Auch mit diesem Unglück musste der Hofer fertig werden. Zwölf Jahre führte und bewirtschaftete er noch mustergültig seinen Hof. Er durfte noch erleben, dass der späte Nachkömmling zu einem kräftigen und an Körper und Seele gesunden Buben heranwuchs, aber es war ihm nicht mehr vergönnt abzuwarten, dass er den Hof übernehmen konnte.

Insofern war noch nicht alles vollbracht, was er sich für sein Leben gewünscht hatte.

An einem gewitterschwülen Sommertag erlitt er während der Arbeit einen Schlaganfall, der eine völlige Lähmung seiner Gliedmaßen und ein unaufhaltsames Dahinsiechen zur Folge hatte.

Er musste das Geschick des Hofes und seines jüngsten Sohnes in die Hand seiner Tochter Anna legen und nahm ihr vor seinem Sterben noch das Versprechen ab, das Anwesen treuhänderisch für den unmündigen Sohn und Erben so zu führen und zu verwalten, dass es ohne Verlust bei seiner Volljährigkeit in seine Hand gelangen würde. Außerdem trug er ihr auf, ihrem Bruder in jeder Weise zu helfen und ihn zu beschützen und an Stelle der Eltern alle Verantwortung für seine Charakterbildung zu übernehmen.

Anna Hofer war gerade fünfundzwanzig Jahre alt, als diese schweren Aufgaben an sie herantraten. Sie vermochte im Augenblick wohl gar nicht zu ermessen, was da von ihr verlangt wurde. Aber im Angesicht des Todes machte sie ohne Zögern die letzten Sorgen des Vaters zu den eigenen. Sie legte in dieser letzten Nachtwache dem sterbenden Vater das Versprechen ab, alles tun zu wollen, dass ihr kleiner Bruder Alexander zu einem tüchtigen Hofer heranwachse und den Hof einmal so zu übernehmen vermöge, wie er vom Vater verlassen worden sei. Sie wolle kein Opfer scheuen, um dieses Ziel zu erreichen, und müsste sie selbst so lange auf die eigene Hausstandgründung verzichten.

Das war ein schwer wiegendes Versprechen, aber sie sah, dass es den Sterbenden beruhigte und sogar beglückte.

Als sie sah, dass das Ende nahte, zündete sie die Sterbekerze an und gab dem Vater das Kreuz in die Hand. Dann weckte sie ihren kleinen Bruder.

Als im Osten der neue Tag zu grauen begann, war der Hofer friedlich entschlafen.

So lagen nun die Dinge um den schönen und viel beneideten Hof der Familie, als die beiden Geschwister Anna und Alexander Hofer am offenen Grab standen, in das unter Teilnahme der Dorfbewohner die Leiche des Vaters hinabgesenkt und eingesegnet wurde.

Als der Ortspfarrer in seiner Trauerrede den Lebensweg des Verstorbenen schilderte, wurde Anna wieder an die unglücklichen Ereignisse erinnert, die über ihre Familie gekommen waren. Sie hatte diese Schicksalsschläge miterlebt und bewunderte jetzt den Vater, der ihnen so tapfer standzuhalten vermocht hatte; denn sie hatte ihn nie murren oder laut klagen hören. Diese Schicksalsschläge waren für ihn zu Prüfungen des Glaubens und Gottvertrauens geworden. Und er hatte diese Prüfungen bestanden.

Während der Ansprache des Geistlichen bildete sich in Anna eine Entschlossenheit von solch außerordentlicher Kraft, dass ihr bereits die Idee vorschwebte, wie ihr Ziel zu erreichen war. Ihre Tränen versiegten, sie legte ihre Hände auf die Schultern ihres Bruders, der vor ihr stand und bitterlich weinte, sie wollte ihm sagen: Ich bin bei dir! Wir beide werden es schaffen!

Sie war dreizehn Jahre alt gewesen, als die Mutter starb. Von diesem Tag an hatte sie die fehlende Bäuerin und Hausfrau zu ersetzen versucht. Sie hatte bei dem kleinen Alexander auch Mutterstelle vertreten müssen, sie hatte ihn gebadet und gewickelt, ihm Sprechen und Laufen beigebracht, sie hatte ihn an seinem ersten Schultag ins Dorf geführt und seitdem seine Hausaufgaben überwacht.

Heute war er ein Bub von zwölf Jahren, der kommende Bauer des Hofes, den man zum Musterhof erklärt hatte. Sie hatte an dem Knaben nicht nur Mutter-, sondern auch Vaterstelle zu vertreten und dem Hof nicht mehr nur als Bäuerin, sondern auch als Bauer vorzustehen.

Das war eine große und schwere Aufgabe für eine junge Frau von fünfundzwanzig Jahren. Sie erforderte einen starken Willen und eine feste Hand.

Sie verlangte außerdem noch ein großes persönliches Opfer, das vielleicht noch weit schwerer zu bringen war als die vielen Tag- und Nachtwachen am Bett des kranken und sterbenden Vaters. Das war der Verzicht auf das eigene Glück; denn sie konnte nicht damit rechnen, dass der Mann, den sie zu lieben glaubte, noch zwölf und mehr Jahre warten würde, bis ihrer Heirat nichts mehr im Wege stand. Das tat aber kein Mann und ein Bauer schon gar nicht.

Anna liebte Michael Falkner, den jüngeren Sohn des Sennhofers, der ein Patronatsgut in Erbpacht hatte.

Michael Falkner hatte in letzter Zeit seine Annäherungsversuche so beharrlich fortgesetzt, dass sie selbst nun große Zuneigung zu dem gut aussehenden Sennhofersohn empfand. Zusammen hatten sie schon überlegt, wie sie den Vater Hofer dazu bringen könnten, in ihre Heirat einzuwilligen. Michael war dabei von dem durchaus nachvollziehbaren Standpunkt ausgegangen, dass der Vater doch schon zu alt sei, um den kleinen Alexander überhaupt abwarten zu können. Man müsste ihm vorschlagen, dass er den Hof an die erwachsene Tochter übergeben sollte, damit beizeiten ein junger, tüchtiger Bauer ins Haus käme. Gewiss, der Michael war tüchtig und strebsam, ein Bauer, wie man ihn nicht so leicht fand, das war im ganzen Dorf bekannt. Außerdem kam er nicht mit leeren Händen. Gegen diesen Vorschlag wäre gewiss nichts einzuwenden gewesen, so hatte wenigstens Anna gedacht.

Der Vater hatte von diesen Überlegungen nichts mehr erfahren, denn bald darauf erlitt er seinen Schlaganfall. Wie so ganz anders sah sein Testament aus! Es gab keine Einheirat für einen jungen Bauern; der Hof war für Alexander bestimmt.

Und Anna hatte dem sterbenden Vater das Versprechen abgelegt, seinen letzten Willen zu respektieren.

Wie würde Michael Falkner sich zu diesen Problemen stellen? Anna wusste es nicht, aber es war ein

Bangen in ihr. Sie hatte den Sohn des Sennhofer doch geliebt.

Sie liebte auch ihren Bruder, dem sie bis heute so viel wie eine Mutter gewesen war.

Am Abend der Beerdigung, als die Arbeit im Stall getan und das Nachtessen eingenommen war, versammelte sich das Hausgesinde, das aus zwei Knechten und ein paar Mägden bestand, in der großen guten Wohnstube, um noch einmal gemeinsam für den verstorbenen Bauern den Totenrosenkranz zu beten. Dazu holte sich jeder einen Stuhl, kniete sich auf den Boden und stützte sich darauf. In Richtung zum Kruzifix in der Ecke wurden mit Andacht die Wechselgebete gesprochen.

Anna kniete neben dem Tisch, auf dem der geweihte Wachsstock brannte. Daneben lag ein Gebetbuch, in dem die Totenlitanei aufgeschlagen war, die sie am Schluss vorbetete.

In ihrem schwarzen Trauerkleid und mit dem bleichen Gesicht, in dem die Wangenknochen stark hervortraten, machte sie einen ernsten und herben Eindruck. Die anstrengende Krankenpflege war nicht spurlos an ihr vorbeigegangen. Ihre schlanke Gestalt war noch hagerer geworden, das Gesicht fahler, es verschwand fast unter der Fülle des flachsblonden Haares, das sie zu einer Krone geflochten trug.

Als das Gebet zu Ende war, erhob sie sich und blies die Kerze aus. Auch die anderen richteten sich auf und trugen ihre Stühle auf die Plätze zurück.

Anna wandte sich an das Gesinde: »Ich danke

euch allen für das Gebet und auch für den Kirchgang beim Begräbnis!«

Mit ihren großen dunklen Augen, die wie hinter schwarzen Schatten hervorschimmerten, schaute sie langsam von Gesicht zu Gesicht der Umstehenden. Man merkte, dass sie noch mehr zu sagen hatte. Nach einem Räuspern fuhr sie dann fort:

»Ich bitte halt jeden einzelnen von euch, mir und meinem Bruder die gleiche Treue zu wahren wie unserem Vater! So schwer es auch scheinen mag, wir haben die Aufgabe, den Hof weiterzuführen und zu erhalten, wie er heut als Musterhof dasteht. Nach dem Willen des verstorbenen Vaters verwalte ich jetzt als Bäuerin alle Rechte und trage die ganze Verantwortung dafür, bis mein Bruder Alexander zum Bauern herangewachsen ist. Ich weiß, dass mir da eine sehr schwere Aufgabe zugefallen ist, die ich nur dann erfüllen kann, wenn mir jeder einzelne von euch zur Seite steht. Und darum bitte ich euch!«

Sofort wurden einige zustimmende Worte laut, die anderen nickten ihr bereitwillig zu.

»Dafür danke ich euch!«, sagte Anna mit bleichem Gesicht. Die Rede hatte sie aufgeregt. »Und nun gute Nacht zusammen!«

Den Gruß erwidernd verließen die Dienstboten die Stube. Man hörte noch eine Weile ihre Schritte im Gang und droben auf dem Flur. Aber es wurde heute kein Wort laut und erst recht kein Lachen, wie es sonst unter den jungen Leuten üblich ist.

Der Hof war ein Trauerhaus.

Anna und ihr Bruder Alexander waren in der Stube zurückgeblieben. Sie ging jetzt zum Sekretär, klappte die Schreibfläche herunter und blätterte die Kondolenzpost durch, die in den letzten Tagen eingelaufen war. Der Vater hatte einen großen Bekanntenkreis gehabt, er hatte dem Vorstand von mehreren landwirtschaftlichen Verbänden angehört und sogar öfter im Rundfunk in Sendungen für den Landwirt gesprochen.

Es waren auch persönliche Schreiben darunter, die Anna unbedingt beantworten musste. Das wollte sie gleich in diesen Tagen tun. Ein gewisser Dr. Hauser, Molkerei- und Landwirtschaftsrat, sagte ihnen sogar seine Hilfe und Unterstützung zu, falls sie, die Hinterbliebenen, einen fachmännischen Rat und Beistand benötigen sollten. Alle sprachen ihr tiefes Bedauern über den Verlust aus.

Alexander drückte sich kindlich an die Seite seiner Schwester und schaute über ihre Arme hinweg auf die Briefe.

»Da siehst du, welch ein bedeutender und beliebter Mann unser Vater war«, sagte sie.

Das war im Augenblick nicht interessant für den Jungen. Er wollte vielmehr sein Anlehnungsbedürfnis an die große Schwester bekunden. Der Tag war überaus traurig gewesen. Das Grab, die vielen schwarz gekleideten Menschen darum, die Worte, die gesprochen und die Tränen, die geweint wurden, sogar der Altar in der Kirche war mit schwarzen Tüchern behangen gewesen, das alles verfolgte ihn noch ein wenig mit Grauen und Furcht.

Er war ein Bub von zwölf Jahren, für sein Alter etwas zu groß, weshalb er den Eindruck der Aufgeschossenheit machte, in seinem Gesicht zeichneten sich bereits die markanten Züge des Hofergeschlechtes ab. Er hatte dieselben vorstehenden Wangenknochen wie seine Schwester, die gleichen dunklen, schimmernden Augen, die zu dem strohblonden Haar so scharf kontrastierten.

»Jetzt sind wir halt allein, Alexander«, bemerkte sie noch und fuhr mit der Hand über seinen Kopf.

»Ich möcht heut Nacht in deiner Kammer schlafen!«, bat er.

»Wieso? Fürchtest du dich gar?«

Er nickte.

»Die Toten tun uns nichts, Alexander, und der Vater schon gar nicht! Es ist also sehr dumm von dir, wenn du dich fürchtest. Außerdem bist du schon ein so großer Bub!«

»Fürchtest du dich nicht?«, fragte er naiv.

»Nein.«

Er überlegte. »Dann fürchte ich mich auch nicht!«, sagte er.

Sie lächelte ihm zu. »Respekt! Brauchst vor dem Einschlafen nur für den Vater ein Vaterunser zu beten, dann wirst du ganz ruhig sein.«

Es wurde dunkel in der Stube. Anna machte das Licht an. Dann schaute sie auf die Uhr an der Wand.

»Geh ins Bett, Alexander, es wird Zeit! Morgen früh musst du zur Schule.«

Ohne Widerrede sagte der Bub gute Nacht und ging.

Anna war allein. Aus der Stille kam dann und wann nur das leise, dumpfe Dröhnen, das vom Stampfen der Tiere im Stall herrührte.

Sie öffnete ein Fenster und schaute in die Nacht hinaus. Durch die Bäume, die vor dem Haus standen, raschelte ein leiser Wind. Hinter dem bewaldeten Vorgebirge zuckte dann und wann ein fernes Wetterleuchten auf.

Ihre Gedanken beschäftigten sich wieder mit Michael Falkner. Sie erinnerte sich, dass sie ihn durch ihren dichten Gesichtsschleier irgendwo unter den Leuten hatte stehen sehen, als der Sarg des Vaters in die Erde gesenkt wurde. Für ihn war die Einwilligung des alten Hofer zur Einheirat gegenstandslos geworden. Der Vater lebte nicht mehr. Es lag, seiner Meinung nach, allein noch in ihrer Entscheidung, wann ihre Hochzeit sein sollte.

Nun aber musste sie ihm sagen, wie der letzte Wille ihres Vaters lautete und dass sie dem Sterbenden versprochen hatte, nicht eher vom Hof zu gehen, bis ihre Aufgabe erfüllt war. Das aber konnte noch zwölf Jahre oder länger dauern.

So lange konnte er nicht warten, deshalb musste sie ihm sein Wort zurückgeben.

Aber er hatte ihr doch geschworen, dass er sie liebte, und sie wollte seine Liebe erwidern. Sie hatten beide nicht geahnt, dass es so kommen könnte.

Wie würde Michael Falkner sich zu ihren Problemen stellen? Gab es überhaupt noch einen Weg, der sie zu ihrem gemeinsamen Glück zusammenführte? Sie fand keinen.

Sie musste mit Michael Falkner sprechen und hören, was er dazu sagte. Sicher würde er in den nächsten Tagen zu ihr kommen.

Sie schloss das Fenster; denn ein paar große Nachtfalter waren hereingekommen und flogen nun um die Lampe herum. Geräuschvoll, dass sie darüber erschrak, plumpsten sie dagegen.

Die Uhr schlug elf.

Jetzt sperrte sie den Sekretär ab, nahm den Schlüssel an sich, löschte das Licht und verließ die Stube.

Sie stieg die Treppe hinauf, machte einige Schritte und öffnete behutsam die Tür einer Kammer. Schwach fiel das Licht vom Flur herein. Ein Blatt raschelte.

»Alexander!«, flüsterte sie, bekam aber keine Antwort. Der Bruder schlief, sie hörte es an den gleichmäßigen Atemzügen. Leise zog sie die Tür wieder zu und ging nun auch ins Bett.

2

Es gab in diesem Sommer viel Sonnenschein. Das Korn reifte üppig und prächtig heran. An den Abenden und in der Nacht gingen häufig heftige Wärmegewitter nieder, die die Erde erfrischten und befeuchteten. Die Felder der Hofers brachten in diesem Jahr außerordentlich reiche Erträge.

Von den Wiesen waren noch einige Morgen Heu einzubringen. Schon in aller Frühe hörte man die Traktoren rattern. Die Mägde arbeiteten im Stall, sie molken und fütterten und trieben später das Vieh hinaus auf die umzäunten Weidegründe.

Anna holte ihren Bruder aus dem Bett. Sie setzte ihm eine Schüssel Milchsuppe oder einen Teller Hafermus vor und erteilte ihm, während er aß, ihre guten Lehren, so, wie sie es immer schon getan hatte. Und als der Bub mit geschultertem Ranzen das Haus verließ, um zur Schule zu gehen, ermahnte sie ihn noch, nichts anzustellen und nach der Schule sofort heimzukehren.

Dann ging sie an ihre Arbeit. Die Hausmagd wurde im Sommer zumeist beim Heuen oder bei der Feldarbeit gebraucht. Es gab also für die Bäuerin viel zu tun, bis die Betten geschüttelt und alle Räume in Ordnung gebracht waren. Damit wurde sie gerade fertig, bis sie Feuer im Herd machen musste, um für das Mittagessen ihrer Leute zu sorgen. So verging ein Tag nach dem anderen und ein Tag wie der andere.

Über die Einnahmen und Ausgaben führte Anna genau Buch. Sie zahlte gewissenhaft Steuern und Sozialabgaben. Obwohl ihr für die Arbeiten nur die Abendstunden oder die Sonntagnachmittage zur Verfügung standen, hätte ihre Buchführung doch den genauesten Prüfungen standgehalten. Es gehörte zu ihrer Natur, in allem größte Ordnung zu halten. Die Dienstboten vergaßen bald, wie jung Anna war, und wer glaubte, es könnte ihr noch die Erfahrung mangeln, ein Gut wie dieses zu führen, der hatte sich gründlich getäuscht. Der frühe Tod der Mutter hatte sie sehr bald zur Selbstständigkeit erzogen. Das Bewusstsein ihrer Fähigkeiten machte sie in gewissem Maß stolz und eigenmächtig.

Man sah in ihr die Bäuerin, die Chefin. Niemand auf dem Hof wagte etwas zu tun, ohne zuvor ihre Zustimmung eingeholt zu haben. Aber man arbeitete gern bei ihr, denn sie war, was sie vorgab. Man hatte Respekt.

Die erste Zeit nach dem Tod des Vaters erhielt Anna häufig Besuch aus dem Dorf. Bauern, denen der Vater oft Ratschläge gegeben hatte – und nicht nur das, er hatte ihnen manchmal mit Tat und Geld unter die Arme gegriffen –, der alte Brauereibesitzer, der ein persönlicher Freund des Hofer gewesen war und über seinen Tod ehrlich trauerte.

Es kam der Ortspfarrer, der im Besitz der Testamentsabschrift war, die Anna längst kannte. Aber er wollte im Auftrag ihres Vaters handeln und die Niederschrift mit ihr durchsprechen.

Er bewunderte ihren starken Willen und ihre Tatkraft und war völlig davon überzeugt, dass nicht nur der Hof, sondern auch die Erziehung des halbwüchsigen Erben bei diesem starken jungen Menschen in besten Händen lag.

Er erkannte, mit welcher hingebenden, ja geradezu fanatischen Liebe Anna an ihrem kleinen Bruder Alexander hing. Wenn sie auch nichts von ihren Plänen verriet, so ahnte er doch, dass sie sich mit ganz bestimmten Vorstellungen trug.

»Ich habe dem Vater auf dem Totenbett versprochen, aus dem Alexander einen tüchtigen Hofer zu machen«, sagte sie. »Und das will ich und kann ich, Herr Pfarrer. Ich weiß, dass ich es kann, und er liebt mich wie seine Mutter.«

»Bei all deinen guten Vorsätzen lass dich nie von einem übertriebenen Ehrgeiz leiten, liebe Anna! Deine Aufgabe soll dir nicht zu einer fixen Idee werden! Dein Bruder ist ein gesunder junger Mensch. Er ist einer der klügsten Schüler. Man kann sogar etwas verderben, wenn man zu viel erwartet und zu hoch hinaus will. Er soll einmal in die Fußstapfen seines Vaters treten und dessen Werk fortsetzen, das heißt, er soll ein tüchtiger Bauer werden, der anderen Vorbild und Wegweiser ist. Nicht mehr! Ich bin immer für euch beide da, wenn ihr Hilfe und Rat braucht.«

»Ich danke Ihnen dafür, Herr Pfarrer!«

Die ganze Woche war vergangen, ohne dass Michael Falkner sich sehen ließ, und gerade auf ihn hatte sie ungeduldig gewartet. Sie hoffte auf den Sonntag; denn beim Kirchgang würde sie ihn bestimmt treffen. Vielleicht erwartete er sie unten am Weg, wo die drei Vogelbeerbäume standen. Das war der Platz, an dem sie sich immer trafen, weil ihre Zuneigung füreinander noch nicht dem ganzen Ort bekannt werden sollte.

Als am Sonntagmorgen vom Dorf herüber die Kirchenglocken erklangen, verließ auch Anna mit ihrem Bruder das Haus und sie nahmen gemeinsam den Weg hinab ins Tal.

Während der Bub über dies und jenes plauderte, so wie es ihm gerade in den Sinn kam, behielt Anna den Platz unter den drei dicht beieinander stehenden Vogelbeerbäumen im Auge. Noch waren sie zu weit davon entfernt, um genau feststellen zu können, ob nicht doch jemand neben den Baumstämmen stand. Als sie näher kamen, sah sie jedoch, dass der Platz leer war.

Nach dem Gottesdienst gingen sie zum Friedhof, um vor dem Grab der Eltern zu beten. Sie begegneten dabei vielen Menschen. Michael Falkner blieb unsichtbar. Offenbar war er überhaupt nicht da.

Anna ging in Trauer und auch Alexander trug am Ärmel seiner Jacke eine schwarze Florbinde. So trotteten sie auf der Dorfstraße, die inzwischen fast menschenleer geworden war, wieder heimwärts.

»Die Hofers!«, sagten die Leute, die ihnen gerade durch das Fenster der Stube nachschauten. Andere gesellten sich dazu und schickten dem Geschwisterpaar ebenfalls ihre Blicke nach.

»Man hört, dass der Hofer nun doch den kleinen Alexander zum Hoferben eingesetzt hat.«

»Was soll denn aus der Anna werden?«

»Die führt den Hof, bis der Bruder so weit ist.«

»Kann sie das?«

»Und wie! Die Leut sagen, sie sei die geborene Bäuerin!«

»Und wird dann doch einmal vom Hof gehen müssen und zu alt geworden sein, um einen Mann zu finden. Man sieht, der alte Hofer hat seine Sinne nicht mehr ganz beisammen gehabt, als er das Testament niederschrieb. Er war doch sonst so ein gescheiter Mann!«

So redeten die Menschen, die das Geschwisterpaar auf der Dorfstraße gehen sahen. Die Antwort auf die letzte Frage mussten sie sich schuldig bleiben und hatten nur ein Schulterzucken darauf.

Wer war diese Anna Hofer? Ein Mädchen wie tausend andere?

Nein! Sie war ein ganz besonderer Mensch. Diese Meinung setzte sich unter den Leuten mehr und mehr durch.

Und Anna Hofer warf abermals schon von weitem den drei Vogelbeerbäumen ihren Blick entgegen.

Der Platz war leer.

Da wurde sie schweigsam, dass es selbst dem kleinen Alexander auffiel.

»Was hast du?«, fragte er.

»Warum?«

»Du bist so still, so traurig. Zu mir hast du gesagt, ich soll fröhlich sein! Der Vater sei gewiss im Himmel und er könne dort nicht glückselig sein, solange er mich traurig sieht. Und nun hast du selbst plötzlich Tränen in den Augen!«

»Ich?«, fragte sie, wischte über ihre Augen und lächelte. Dann griff sie nach seiner Hand. »Du hast Recht, Alexander: Du hast mich und ich habe dich! Beide sind wir Hofers. Komm, wir wollen froh sein und der Vater wird sich über uns freuen!«

3

Schaute man vom Haus der Hofers über das Dorf Ruhbach hinweg auf die gegenüber liegende Anhöhe, so sah man dort, ebenfalls erhöht über der Talsohle, die Brauerei liegen. Sie war schon alt und hätte zum Besitz der Hofers das passende Gegenstück bilden können. Aber sie wurde ständig umgebaut und erneuert, weshalb die Brauerei in einem ganz anderen und modernen Gewand erschien als der alte, unveränderte Hof. Kürzlich war drüben neben der Brauerei sogar ein modernes, villenartig gebautes Wohnhaus errichtet worden, das von einem großen Park umgeben war.

Brauereibesitzer Urban war heute einige Jahre über sechzig und galt als rühriger und tüchtiger Geschäftsmann, der es verstanden hatte, die Zahl seiner Kunden ständig zu erhöhen. Er lieferte sein Bier nicht nur an die Wirte des näheren und weiteren Umkreises, sondern kam damit auch in andere Land- und Stadtkreise, von denen man glauben mochte, dass sie ihren Trunk aus näher gelegenen Brauereien wenn auch vielleicht nicht besser, so doch bequemer hätten beziehen können.

Allmählich konnte Urban sich aus dem Geschäft zurückziehen und wenigstens in seinen alten Tagen noch von seinem Wohlstand profitieren. Er ging jetzt oft zur Jagd oder zum Angeln, woran er sein besonderes Vergnügen hatte. Leider fühlte er sich nicht mehr so bei Kräften, dass er wirklich Spaß daran hatte. Bei jedem Witterungsumschlag litt er unter einer Schweratmigkeit, die ihm die schönste Beschäftigung verleiden konnte.

Brauereibesitzer Urban hatte zwei erwachsene Söhne. Der ältere, Otto Urban, ein aufgeweckter, etwas abenteuerlustiger Bursche, widmete sich der kaufmännischen Seite und dem Außendienst, weshalb er mit seinem knallroten Sportwagen viel auf Reisen war, während der um wenige Jahre jüngere Joachim als Braumeister sich der Produktion annahm.

Für die Bauern von Ruhbach war die Brauerei zum Segen geworden; denn sie konnten dort die Treber als ausgezeichnetes Futtermittel beziehen. Diese Treber holten auch die Hofers.

Der alte Hofer und der Brauereibesitzer waren gute Freunde gewesen. Man hatte sie oft zusammen über Land fahren sehen, wenn sie in der Eigenschaft als Wirtschaftsberater hier und dort ihr Urteil abzugeben hatten. Sie fuhren an den Markttagen zusammen in die Stadt, sie gehörten beide dem Gemeinderat von Ruhbach an, sie teilten und ergänzten sich nicht nur in ihren wirtschaftlichen, sondern auch in ihren politischen Bestrebungen. Kurz, sie waren gute Freunde gewesen, ohne dass ihre Familien eigentlich davon berührt worden waren.

Es war also kein Wunder, dass der alte Hofer in seinem Testament auch den Freund bedacht hatte.

Während der Schulferien, in denen Alexander zu Annas besonderer Freude auf dem Hof und bei der Ernte nicht nur mit großem Eifer, sondern auch mit viel Geschick mitarbeitete, so dass sogar die Dienstboten ihr Erstaunen zeigten, kam eines Tages der Brauereibesitzer auf den Hof.

Anna führte ihn in die gute Stube, ließ alles liegen und stehen und widmete sich dem Gast. Sie wusste, welche Stücke der Vater auf den Brauereibesitzer gehalten hatte, darum sollte er sehen, dass er auch heute noch allezeit auf dem Hof willkommen war. Sie wollte sogar eine Flasche Wein aus dem Keller holen, aber Urban lehnte ab. Es war heute ein gewitterschwüles Wetter, das seinem Atmen schwer zu schaffen machte. Es dauerte eine ganze Weile, bis er sich so weit erholt hatte, um sprechen zu können.

»Wie geht es euch denn überhaupt?«, fragte er und sah Anna interessiert und fest an.

Sie trug ein dunkles Trachtenkleid mit weißen, kurzen Blusenärmeln, sah ansprechend und adrett aus. Mehr aber beschäftigte ihn das Gesicht. Es war sonnengebräunt, markant und herb. Die Züge verrieten Trotz, Eigenwilligkeit und doch weibliche Anmut. Er hatte das noch nie so deutlich wahrgenommen.

»Es geht schon«, antwortete sie und schaute ihm offen in die Augen. »Die Ernte steht heuer gut und dürfte den Ertrag vom Vorjahr noch übersteigen.«

»Wie kommst du mit den Dienstboten zurecht?«

»Da fehlt nichts.«

»Und sonst?«

»Es ist alles in Ordnung.«

Er nickte und holte wieder ein paar Mal tief Atem. »Ich hab schon gehört, du sollst alles in fester Hand haben«, fuhr er dann fort. »Ich bezweifle das auch nicht, wenn ich dich so anschaue. Du bist eine gestandene Bäuerin!«

Sie lächelte ein wenig verunsichert und schaute auf ihre Hände nieder.

»Was ich noch sagen wollte«, begann er wieder. »Ich habe vom Vormundschaftsgericht ein Schreiben bekommen. Der Vater hat mich in seinem Testament als Vormund für den Alexander vorgeschlagen.«

Sie schaute auf. In ihren dunklen Augen war ein Glimmen. Diese Botschaft schien ihren Widerstand zu wecken.

Er bemerkte es und zuckte die Schulter.

»Es ist einmal so. Der Bub ist unmündig und hat keine Eltern mehr. Daran hat auch dein Vater gedacht und er wollte weder ein Jugendamt noch sonst wen damit behelligen. Es hat auch weiter nichts auf sich, solange du, seine Schwester, den Hof verwaltest. Aber weißt du, dass es in fünf Jahren noch so sein wird? Da ist der Bub erst siebzehn oder achtzehn Jahre alt!«

»Ich denke, dass es noch so sein wird«, entgegnete sie.

»Das kann man heut noch nicht sagen; denn du kannst eines Tages heiraten!«

»Das bezweifle ich!«

»Das sind Dinge, die kein Mensch voraussagen kann, Anna. Es ändert sich nichts in deinen Rechten auf deinen Bruder. Gesetzlich muss ein Vormund da sein und ich möchte deinem Vater seine letzte Bitte an mich nicht abschlagen. Wir werden also am kommenden Freitag zum Vormundschaftsgericht gehen.

Nimm den Alexander mit, denn er muss dabei auch anwesend sein! Und ich hoffe, dass ich wenigstens noch so lange lebe, bis der Bub volljährig ist. Was sein Vermögen und seine Erziehung anbelangt, schenke ich dir so wie dein Vater das ganze Vertrauen!«

Zum festgesetzten Termin standen die beiden Hofers und Herr Urban vor dem Zuständigen des Vormundschaftsgerichtes und erledigten alle Formalitäten.

Darauf kehrten sie in ein Lokal ein, speisten zu Mittag und machten sich im Wagen des Brauereibesitzers wieder auf den Heimweg.

Wie Herr Urban gesagt hatte, war das nur mehr oder weniger eine Formsache gewesen. Es ging alles in unveränderter Weise fort. Dann und wann nur machte der Vormund einen kurzen Besuch auf dem Hof, gewöhnlich, wenn er zur Jagd ging und in der Nähe vorbeikam.

Anna wollte ihm schon ein paar Mal die Bücher zeigen, damit er sich über den Vermögensstand des Hofes unterrichten sollte. Aber er lehnte das ab.

Im ganzen Dorf war es längst bekannt geworden, dass Anna als junge Bäuerin den Hof mustergültig führte und verwaltete. Man brauchte nur die Dienstboten anzusehen und anzuhören, man brauchte nur ihren kleinen Bruder zu betrachten, der so gut und sauber gekleidet und gepflegt wie kein zweiter einherging.

So kam der Herbst. Michael Falkner hatte sich noch immer fern gehalten von Anna. Sie hatte ihn seit dem Begräbnis des Vaters nicht einmal zu Gesicht bekommen. Das war für sie eine bittere Enttäuschung gewesen. Aber ihr Stolz ließ es nicht zu, dass sie sich von sich aus noch um eine Begegnung bemühte. Sie hatte den Verdacht, dass er bereits erfahren hatte, wie die Dinge um den Hof standen, nämlich dass der Erbe des Hofes nicht sie, sondern ihr kleiner Bruder war. Ihm war es in erster Linie nicht um sie, sondern um den Hof gegangen. So etwas roch nach Gewinnsucht und Versorgung.

Von Liebe keine Spur.

Dadurch erkalteten ihre Gefühle. Und als der Brauereibesitzer bei einem Besuch auf dem Hof erzählte, dass der Michael, der zweite Sohn des Sennhofers, noch vor dem Advent nach Bergen in ein Anwesen heiratete, vermochte das in ihr nicht einmal mehr das Gefühl von Überraschung oder Ärger auszulösen. Sie hatte damit gerechnet.

Sie hätte also nur einen Bauern, aber keinen Mann geheiratet, und darauf konnte sie gut verzichten.

Die Herbstwinde polterten jetzt oftmals recht heftig um das Haus. Die Tage waren so kurz geworden, dass es schon zu dämmern begann, wenn Alexander von der Schule heimkam. Er war nicht immer pünktlich und trieb sich mit seinen Kameraden herum, so dass er oft in die Nacht geriet.

Dann stand sie beunruhigt am Fenster und schaute auf den Weg hinab, bis sie ihn endlich herankommen sah.

»Wo bleibst du denn wieder so lange?«, fuhr sie ihn einmal an.

»Warum? Es ist doch noch nicht spät!«, meinte er.

»Aber es ist Nacht!«

Er wunderte sich über ihre Sorge. Was war denn dabei, wenn er auf seinem Heimweg einmal in die Nacht kam?

Jetzt sah sie erst, dass seine Kleidung völlig durchnässt war, dass das Wasser an ihm herunterlief und über den gescheuerten Boden rann.

»Was ist das?«, fragte sie ganz erschrocken. »Wie siehst du denn aus? Man könnt meinen, du wärst ins Wasser gefallen!«

»Bin ich auch.«

»Wie? Wo denn?«

»Als wir über die Mühlbachbrücke gingen, haben sie Dummheiten gemacht und der kleine Höllerer Max ist in den Gumper gestürzt und untergegangen.«

Sie zog die Stirn in strenge Falten. »Und dann?«

»Er wäre ertrunken, denn keiner hatte den Mut, ihn herauszuholen. Sie haben alle nur geschrien. Ich bin über die Brücke hinabgesprungen und habe ihn herausgeholt. Wir haben schon gemeint, dass er tot sei, weil er sich nicht mehr gerührt hat. Dann kamen ein paar Erwachsene dazu, die ihn wieder zum Atmen brachten.«

Ihre Augen wurden größer. »Ist das wahr, Alexander?«

»Hab ich dich schon einmal angelogen?«

»Du warst nicht dabei bei diesen Dummheiten?«

»Nein. Ich kam erst dazu, als der Höllerer Max schon untergegangen war.«

Sie bewegte nur entsetzt und sprachlos den Kopf.

»Es kann ja keiner richtig schwimmen von diesen Heuhupfern!«, brüstete er sich.

»Zieh dich sofort um, bevor du dich erkältest!«, befahl sie. »Und dann setz dich an den Ofen, damit du wieder warm wirst!«

Er warf den Schulranzen auf die Bank und lief in seine Kammer.

Anna fand die Angaben ihres Bruders bald bestätigt. Von der Aufregung, die es an diesem Abend im Dorf gegeben hatte, erfuhr sie freilich nichts. Sie hörte auch nicht, dass Alexanders Name in aller Mund war.

Dort, wo die Brücke über den Mühlbach führte, befanden sich die Schleusen für das Abwasser der Mühle. Wenn sie am Abend hochgezogen wurden, stürzte der größte Teil des Wassers hinab in das tiefe Becken, das es sich selbst gegraben hatte. Und in dieses Becken war der kleine Höllerer Max hinabgestürzt, als er mit den anderen über das Brückengeländer balancierte. Er wäre rettungslos verloren gewesen, wenn nicht der Hoferbub den Mut gehabt hätte, ihm in die kreisende Flut nachzuspringen.

Es war spät in der Nacht und Anna war nur noch allein wach und erledigte die Buchführung und andere schriftliche Arbeiten, als noch an das Fenster geklopft wurde.

Sie warf den Riegel an der Haustür zurück und öffnete.

Der Bauer Höllerer stand draußen und lehnte sich gegen den Wind, der noch heftiger geworden war und mit gewaltigen Stößen am Haus vorbeifegte.

»Es ist wohl spät geworden, aber darf ich noch kurz hereinkommen?«, fragte er.

Der Höllerer war ein noch jüngerer, kräftiger Mann. Sein rundes, bartloses Gesicht war gerötet von der Luft, vom schnellen Gehen und wohl auch von der Aufregung.

»Ich wollt mich bloß bei deinem Bruder bedanken«, sagte er und blieb in der Nähe der Tür stehen. »Du weißt doch wohl, was heut geschehen ist?«

Anna nickte.

»Die Malefizbuben! Da predigt man jeden Tag in sie hinein und verbietet ihnen alles, was gefährlich ist! Und sie tun's halt doch. Kurz, wenn dein Bruder nicht gewesen wäre, wäre mein Bub heut im Mühlbach ertrunken. Ich hab bloß diesen einzigen, du weißt es ja. Es ist nicht zum Ausdenken! Es hat mich nimmer daheim gehalten, als der Doktor gesagt hat, dass keine unmittelbare Gefahr mehr besteht. Ich wollt deinem Bruder noch meinen Dank sagen.«

»Er ist schon im Bett, Höllerer, aber ich werde es ihm sagen. Die Hauptsache ist, dass deinem Buben nichts passiert ist!«

»Kannst stolz sein auf deinen Bruder! Das macht ihm keiner nach, nicht einmal einer von den Großen. Aber es hätte auch leicht sein Tod sein können!«

»Daran darf man in so einem Augenblick nicht denken, Höllerer. Es war schon recht, was der Alexander getan hat.«

»Der Bürgermeister sagt, dass er es dem Landrat berichtet. Auch mit Recht! Es war schon eine besondere Tat!« Er griff nach ihrer Hand. »Ich sag halt meinen Dank, Anna, und der Herrgott mag es euch belohnen!«

Als Anna bald darauf ihr Schlafzimmer aufsuchte, schaute sie noch zu ihrem Bruder hinein. Er schlief fest wie ein Dachs. Sie machte sogar Licht, aber er merkte es nicht.

Und dann schaute sie auf ihn nieder, betrachtete und studierte die jugendlichen Züge seines Gesichtes, die auch in der Entspannung Tatkraft und Eigenwillen verrieten. Sie wusste, dass er zu einem ganz besonderen Menschen heranwachsen würde, dass er einmal alle anderen an Tüchtigkeit und Kraft überragen könnte.

Er hatte heute das Leben eines Buben gerettet, hatte sich ohne Zaudern in das gefährliche Abflussbecken des Mühlbaches gestürzt, ohne sich der Größe seiner Tat bewusst zu werden. Aber das Dorf sprach davon. Der Bürgermeister wollte sogar dem Landrat berichten, vielleicht ging der Bericht weiter bis zum Ministerium.

Und dann würde es eine Medaille für Lebensrettung für Alexander Hofer geben!

In Anna erwachte der Stolz. Der heimliche Wunsch wurde zum festen Vorsatz, aus diesem jungen Menschen einen Mann zu machen in einer Form, wie er ihr vorschwebte.

Vielleicht hatte ja alles so kommen müssen. Michael Falkners Verrat, der, ohne ihr auch nur ein

Wort zu sagen, nach Bergen heiratete, als wäre nie etwas zwischen ihnen gewesen. Sie sollte es hören, wenn der Pfarrer das Eheversprechen von der Kanzel verkündete oder wenn es an der Gemeindetafel angeschlagen war.

Wie hasste sie die Feigheit!

Und sie hatte einmal geglaubt, diesen Mann zu lieben, der doch nur auf den Hof spekuliert hatte. Sie fühlte, dass ihre verratene Liebe in der Liebe zu ihrem Bruder eine volle Entschädigung fand. Hier war ihr Platz. Er brauchte sie.

Dann neigte sie sich zu ihm hinab und berührte mit ihren Lippen seine Stirn. Er spürte es nicht und schlief ruhig und fest weiter.

Sie löschte das Licht und zog leise die Tür hinter sich zu.

4

Alexander Hofers mutige Rettungstat hatte im ganzen Dorf großes Aufsehen erregt. Dafür sorgte schon der Höllerer. Wenn sie auch nur wenige Zeugen gehabt hatte, so konnte sich doch jeder vorstellen, welchen Mutes und welcher Kraft es bedurfte, in diesen gefährlichen Wasserstrudel zu springen, um ein Kind vor dem Ertrinken zu bewahren.

Sogar die Zeitungen berichteten davon.

Es war in den Tagen zwischen Weihnachten und Neujahr, tief lag der Schnee, und ein grimmiger Frost überzog die Fenster mit dicken Eisblumen, die nicht einmal die Ofenwärme abtauen konnte. Da wurde Anna durch ein Schreiben vom Landrat aufgefordert, zu einem bestimmten Termin mit ihrem Bruder Alexander zur Entgegennahme einer ministeriellen Auszeichnung im Landratsamt zu erscheinen.

Für Anna war dieser Augenblick erhebender als für Alexander selbst, als ein Herr von der Regierung in Gegenwart des Landrats und eines Fotografen, der ein paar Mal das Blitzlicht aufleuchten ließ, sich an ihren Bruder wandte, in kurzer Ansprache seine mutige Rettungstat rühmte und dafür den öffentlichen Dank der Regierung aussprach. Daraufhin überreichte er ihm die Rettungsmedaille und eine Urkunde.

Das Blitzlicht des Fotografen leuchtete auf.

»Wenn das unser Vater noch erlebt hätte!«, sagte Anna stolz, als sie im Zug wieder zurückfuhren.

»Was ich getan habe, hätte jeder andere auch gemacht«, meinte Alexander.

»Nein!«, erwiderte sie heftig, als hätte sie ihre eigene Ehre zu verteidigen. »Glaubst du denn, dass man eine solche Feier veranstaltet hätte, wenn du nicht etwas ganz Besonderes vollbracht hättest? Morgen wird man es wieder in der Zeitung lesen können und dein Bild wird man sehen – und die Leute aus dem Dorf werden wieder fragen: Wer ist denn dieser kleine Hofer? Man sieht, aus dem wird noch etwas! Ich bin sehr stolz auf dich, Alexander!«

Der Winter ging vorbei, es kam wieder ein Frühling und ein Sommer. Alexander wurde mit einem guten Zeugnis aus der Schule entlassen. Jetzt erst konnte er sich frei bewegen und mit den Knechten hinaus aufs Feld gehen, Korn und Früchte einholen oder bei den Arbeiten, die in Scheune, Stall und Silo anfielen, mithelfen. Nur noch einmal in der Woche musste er die Berufsschule besuchen.

Am Abend saß er bei seiner Schwester in der Stube, wenn sie die Bücher vor sich liegen hatte und ihre Eintragungen machte. Er durfte mit ihr rechnen und planen und dann kam es oft vor, dass er ihre Ideen und Ansichten bewunderte.

Er bewunderte ihre Sicherheit, ihre Entschlossenheit und Kraft. Jetzt begriff er, warum die Dienstboten nur mehr von der Bäuerin sprachen, wenn einmal von ihr die Rede war. Früher war sie die Anna gewesen.

Man brauchte sie nur anzusehen, wenn sie so unerschütterlich in ihrer ländlichen Tracht, die sie nach dem Trauerjahr anfertigen ließ, am Schreibtisch saß oder hoch aufgerichtet und entschlossen dastand.

Sie war die geborene Bäuerin, um nicht zu sagen, die geborene Herrin.

»Was wir hier tun, ist alles für dich und für die Zukunft des Hofes«, sagte sie häufig. »Du wirst einmal eine junge Bäuerin ins Haus bringen und die soll dann nicht sagen müssen: Wer hat denn all die Jahre hier geherrscht und geschlampt?« Sie lächelte dazu und strich mit der Hand über sein Haar.

»Ich fürchte aber, dass es eine junge Bäuerin schwer haben wird, wenn sie es dir gleichtun will, Anna«, erwiderte er.

»Sie hat es leichter als ich, denn es ist dann auch ein Bauer da, und der fehlt heut noch.«

Im Herbst wurde in den hauseigenen Wäldern das Holz geschlagen. Auch bei diesen Arbeiten war Alexander dabei. Man merkte, dass er sich um alles kümmerte und sich seiner Zukunft als Bauer des Hofes bewusst wurde.

Anna freute sich darüber. Sie sah ihre Wünsche in Erfüllung gehen.

»Ich wundere mich, Anna, dass du kein Auto fährst«, sagte er einmal. »Unser Hof ist einer der wenigen Bauernhöfe, wo es noch keinen Wagen gibt.«

»Es war bis heut keine Notwendigkeit. Da hätte ich Fahrunterricht nehmen müssen und dazu habe ich mir nicht die Zeit genommen. Das überlasse ich dir.«

»Dazu muss ich erst achtzehn Jahre alt sein!«

»Und? So lange können wir noch warten, meine ich.«

»Du hättest also nichts dagegen, wenn ich mit achtzehn Jahren den Führerschein mache und ein Auto fahre?«

»Nein, wenn du genügend Zeit dazu hast.«

Er freute sich wirklich darauf.

Es vergingen so drei Jahre, ohne dass etwas Nennenswertes geschah. Michael Falkners Hochzeit hatte in Bergen, in seinem neuen Heimatort, stattgefunden, ohne dass Anna sich davon noch berührt fühlte. Im Sommer waren einige Wochen die Handwerker da gewesen, um die Gebäude des Hofes zu restaurieren. Es wurden neue Fensterstöcke gesetzt, neue Läden angeschlagen, die Stallungen ausgeweißt und das Haus gestrichen. Nun stand der Hof in seinen frischen Farben wieder wie neu errichtet da.

Wenn der Brauereibesitzer Urban, so wie es sich für einen rechtschaffenen Vormund gehörte, bei den Geschwistern vorsprach, fand er jeweils alles in bester Ordnung. Es gab weder an dem Buben selbst noch an seiner Betreuung etwas zu bemängeln. Im Gegenteil, man konnte sich an der Lebensführung und an dem Zusammenhalt der beiden Geschwister ein Beispiel nehmen, ebenso an der Umsicht und Festigkeit, mit denen die Anna den Hof führte und ihren heranwachsenden Bruder umsorgte und überwachte. Nicht nur die Dienstboten, auch Alexander gehorchte ihr aufs Wort. Sie duldete weder von diesem noch von jenen in wichtigen Entscheidungen, die sie getroffen hatte, eine Widerrede oder gar Gegenmaßnahmen. Trotzdem blieben die Dienstboten gern auf dem Hof und ordneten sich ihrer Chefin unter. Sie nahmen wahr, dass Anna gerecht und ehrlich war.

Sie war eine mustergültige Bäuerin und hatte bei gelegentlichen Hofbegehungen und Hofbesichtigungen aus berufenem Mund schon manche Anerkennung geerntet.

Der Hof war heute noch wie damals ein Musterhof, auf dem sich alles fand, was Fortschritt und Ertragssteigerung bedeutete.

»Wenn das dein Vater wüsste!«, sagte einmal der Brauereibesitzer. »Aber er muss seine Tochter gekannt haben; denn nicht umsonst hat er dir alles trotz deiner Jugend anvertraut. Ich kann dir nur meine Hochachtung aussprechen, Anna.«

Sie nahm dieses Lob hin, wie man etwas an sich nimmt, von dem man weiß, dass es einem gehört.

»Ich möchte den Alexander jetzt fortgeben auf eine Schule«, sagte sie. »Es ist höchste Zeit, denn er hat viel nachzuholen. Ich denke an St. Ottilien oder Weihenstephan. Mit einem oder zwei Jahren ist es nicht abgetan. Er soll nicht nur die praktische Arbeit des Bauern lernen, ich will, dass er eine entsprechende Allgemeinbildung erhält, ein Reifezeugnis oder dergleichen. Es schadet nichts, wenn er vier oder mehr Jahre noch auf einer Schule zubringt und dann erst als Bauer den Hof übernimmt.«

Urban nickte. »Ich bin ganz deiner Meinung, Anna.«

»Schließlich habe ich ja den Vormund davon zu verständigen und seine Genehmigung einzuholen.« Das klang keineswegs geringschätzig oder gar herausfordernd. Sie war mit Urban als Vormund ihres Bruders allzeit gut gefahren.

»Meine Genehmigung hast du. Ist meine Unterschrift nötig, brauchst du mir die Dinge nur vorzulegen.«

»St. Ottilien oder Weihenstephan?«

»Die Entscheidung darüber überlasse ich dir. Beide sind gut.«

Am Abend saß Anna am Sekretär und studierte

wieder die Prospekte, die sie von den Schulen angefordert hatte.

Alexander war nach dem Abendessen noch ins Dorf gegangen, um an den Sportübungen eines Jugendvereines teilzunehmen. Anna hatte ihn dazu ermuntert und sie war immer nur dann zufrieden, wenn er mit einer Bestleistung nach Hause kam.

Wenn es auch noch warmen Sonnenschein gab und ein großer Teil der Ernte noch nicht eingebracht war, erkannte man doch schon an vielen Zeichen der Natur, dass der Herbst heranrückte. Es gab dichte Morgennebel, die oft bis in die Vormittagsstunden die Sonne verdeckten, oder es kamen Stürme auf, die schwarze Wolken vor sich hertrieben. Krähenschwärme flogen schreiend den Wäldern zu und die Blätter an den Bäumen verfärbten sich bunt.

Noch ehe das Tagwerk beendet war, kam die Nacht.

Die Haustür fiel zu und Alexander stürmte herein in die Stube. »Heut hab ich beim Stabhochsprung die anderen alle über einen Meter zurückgelassen!«, verkündete er stolz. »Der Furtner meint, wenn ich noch eine Zeit lang trainiere, könnte ich es bald auf vier Meter und darüber bringen.«

Anna nickte ihm anerkennend zu. »Zieh bitte deine Schuhe aus und setz dich zu mir!«, sagte sie dann. »Ich hab mit dir noch zu reden.«

»Hoffentlich nicht wieder über die langweilige Jungviehzucht!«

»Langweilig nennst du das? Unserem Vater war die Viehzucht das Höchste!«, tadelte sie.

»Damit hab ich noch früh genug zu tun! Die Bäuerin bist immer noch du!«

»Komm her! Lass dir etwas sagen!«

Er setzte sich zu ihr und warf einen Blick auf das bedruckte Papierzeug, das sie vor sich liegen hatte.

»Du wirst jetzt bald deine Sachen packen und abreisen, und zwar, hab ich mir überlegt, nach St. Ottilien, da hast du nicht die Umsteigerei in München. Es ist nicht so weit wie nach Weihenstephan. Dorthin kannst du dann immer noch überwechseln.«

»Ich? Was hab ich dort zu tun?«

»Du wirst die Schule besuchen.«

»Auch das noch!«, jammerte er.

»Denk an den Vater: Der Hofer kann kein einfältiger Bauer sein. Es würde dir auch gar nicht anstehen.«

»Wann soll das denn schon sein?«

»Am siebten gehen die neuen Kurse an. Bis dahin haben wir gerade noch Zeit zur Anmeldung und zum Richten deiner Sachen.«

»Ich geh aber gar nicht gern fort von daheim, Anna! Muss denn das sein?«

»Ja, es muss sein. Ein junger Mann muss einmal fort gewesen sein. Finde dich also damit ab. Wenn du in den Ferien nach Hause kommst, wirst du jedes Mal deine Freude haben – und ich freu mich auch. Und jetzt geh ins Bett!«

Sie erhob sich und sperrte den Schrank ab.

Er schob die Unterlippe vor, nickte dann nachdenklich vor sich hin, sagte gute Nacht und ging sogleich schlafen.

5

Die beiden Nachkommen des Brauereibesitzers waren so unterschiedlich, dass man sie kaum für Brüder halten konnte. Schon rein äußerlich hatten sie nichts, aber auch gar nichts gemeinsam. Otto, der ältere, war groß, schlank, dunkelhaarig, Joachim, der jüngere, kleiner, breitschultrig und untersetzt, sein Haar war rotblond, das Gesicht sommersprossig und breit. Er war ein derber Typ, ein bäuerlicher Schlag von schrotiger Art.

Wie in ihrer äußerlichen Erscheinung unterschieden sie sich auch in ihrem Wesen. Otto war eine mehr heitere, recht leichtlebige Natur, aufgeschlossen für gesellschaftlichen Umgang und seiner Erfolge sicher, während Joachim immer still im Hintergrund blieb und anscheinend nichts weiter wünschte als seine Arbeit und seine Ruhe.

Das hatte bestimmt seinen Grund, der nicht schwer zu erraten war. Von klein auf war der heitere, gewitzte und gut aussehende Otto von den Eltern, besonders aber vom Vater bevorzugt worden. Ihm ging viel mehr durch als dem schwerfälligen und oft trotzigen Joachim. Schon früh durfte Otto den Vater auf seinen Geschäftsfahrten begleiten und wurde so in seine spätere Tätigkeit eingeführt, während Joachim bei der Mutter daheim blieb und bereits in jungen Jahren mit der Arbeit in der Brauerei bekannt gemacht wurde.

Das Kind hatte die Zurücksetzung gespürt. In der Schule war Joachim sogar der Bessere gewesen, geistig seinem Bruder weit überlegen. Lag es an seinen roten Haaren und an den Sommersprossen in seinem Gesicht, dass er zurückgedrängt wurde?

Auch als er mit den besten Zeugnissen aus der Brauereischule zurückkehrte und dem väterlichen Betrieb mit mancherlei erfolgreichen Versuchen einen spürbaren Aufschwung gab, blieb er im Haus immer nur die Nummer zwei. Die erste Geige spielte weiterhin sein Bruder, der angeblich so viel kaufmännisches Geschick zeigte, dass ihm bald der gesamte Kunden- und Geschäftsverkehr übertragen werden konnte. So war Otto oft wochenlang mit seinem flotten Sportkabriolett unterwegs, schloss neue Handels- und Kaufverträge ab, knüpfte neue Beziehungen an und war, soweit man es aus den Spesen ersehen konnte, ungemein aktiv und großzügig.

Der Alte rechnete ständig damit, dass sein älterer Sohn ihm von heute auf morgen doch einmal die künftige Schwiegertochter vorführen müsste. Das Alter dazu hatte er und er machte keineswegs den Eindruck, als käme er beim anderen Geschlecht nicht an. Seine guten Umgangsformen und seine gute Erscheinung machten ihn sehr attraktiv. Außerdem sollte er schon als Sohn und Haupterbe eines vermögenden Brauereibesitzers einige Chancen bei den Frauen haben.

Wenn der alte Urban sich auch nicht gerade völlig sicher war, so glaubte er doch, damit rechnen zu können, dass der Sohn diese Frau aus einem guten und angesehenen Haus holen würde, das es in Ruhbach selbst und auch in der näheren Umgebung allerdings nicht gab. Aber der Junge kam weit herum. Er würde schon die Richtige finden.

»Das hat noch Zeit!«, sagte Otto lachend, wenn zwischen Vater und Sohn die Rede vom Heiraten war. »Man kann nicht lange genug damit warten, Vater; denn es wird mir nie mehr so gut gehen wie jetzt.«

»Ich hätte es schon noch gerne erlebt!«, meinte der Alte.

»Du wirst es erleben!«

»Und hoffentlich auch zufrieden sein!«

»Gewiss!«, beruhigte ihn der Sohn. »Ich weiß, was ich meinem Stand und meinem Namen schuldig bin!«

»Du wirst mir doch nicht weismachen wollen, dass du noch nie verliebt gewesen bist?«, fragte der Alte mit einem feixenden Augenaufschlag. »Du siehst mir nicht danach aus!«

»Was heißt verliebt? Natürlich war ich schon verliebt, Vater. Aber – wie gesagt – man hat sein Standesbewusstsein und prüft, bevor man sich bindet.«

»Das heißt also, dass du die Richtige noch nicht gefunden hast?«

»Genauso ist es, Vater.«

»Es wird doch nicht gar nötig sein, dass ich für dich die Braut suchen muss?«

»Ganz gewiss nicht, Vater!«, rief Otto und zwinkerte ihm zu.

Dass sein zweiter Sohn Joachim plötzlich mit einer Heiratsabsicht an ihn herantreten könnte, damit rechnete der Alte gar nicht. Dazu fehlte es an jeglicher Voraussetzung. Joachim war ein Arbeitstier und kümmerte sich um seine Mitmenschen nur in der Frage, ob ihnen der Trunk, den er braute, schmeckte. Das war sein ganzer Stolz und sein ganzes Bestreben. Man konnte sich gar nicht vorstellen, dass er einmal Beziehungen zu einer Frau anknüpfen könnte. Er hatte nicht einmal Freunde. Der Alte tröstete sich damit, dass es vielleicht später über ihn kommen könnte, wenn er als Junggeselle neben der Familie seines Bruders herlebte. Dann gab es gewiss auch für ihn noch eine Heiratschance, vielleicht mit einer älteren Tochter aus gutem Hause, die aus irgendeinem Grund noch unverheiratet war.

Halt! Wie wäre es mit Anna Hofer?, schoss es ihm durch den Sinn. Anna musste ihre guten Jahre versäumen und warten, bis ihr Bruder so weit war, um den Hof übernehmen zu können. Aber einmal kam dieser Zeitpunkt, er kam so gewiss wie der Tod. Und dann wäre sie froh, wenn sie noch einen Mann fände, der mit ihr einen eigenen Hausstand gründete. Sie war eine Frau von Tatkraft und Geschick, ob sie nun einen Bauernhof verwaltete oder in einem Geschäftsbetrieb mitbestimmte.

Und überhaupt: Urban und Hofer! Zwei Namen, die sich sehen lassen konnten!

Hoffentlich lebte er noch lange genug, um dafür sorgen zu können, dass diese Verbindung zustande kam! Überhaupt sollte er jetzt schon die ersten Brücken schlagen und sich darum kümmern, dass die beiden sich wenigstens ab und zu begegneten.

Sie waren sich völlig fremd, obwohl sie im gleichen Ort lebten.

Um seinen Ältesten brauchte er sich da nicht zu sorgen, das wusste Urban. Aber es war seine Pflicht, sich auch um seinen Zweiten zu kümmern. Die Jahre vergingen und eines Tages würde er von der Erde gehen müssen wie der Hofer. Er hatte es in der Hand, bessere Verhältnisse zu schaffen als der Hofer, der einen unmündigen Sohn hinterlassen musste. Er brauchte nur sein Vermögen und die Geschäftsanteile in Prozenten aufzuschlüsseln, so dass das Testament beiden Söhnen gerecht wurde. Selbstverständlich sollte der Otto als Haupterbe und Hauptgeschäftsinhaber gelten, aber auch Joachim sollte zu seinem Recht kommen.

Zumal, wenn es ihm glücken sollte, die Hofer Anna mit ihm zusammenzuführen!

So hatte sich der alte Urban noch mit schwer wiegenden Problemen herumzuschlagen. Er beschäftigte sich damit, wenn er mit der Angelrute am Bach saß oder in seinem Jagdgebiet vom Hochstand aus auf den Wildwechsel achtete.

Sie machten ihm plötzlich so viel zu schaffen, dass er sich mit seiner Frau darüber beriet. Aber Frau Urban war zeitlebens daran gewöhnt gewesen, sich den Entschlüssen und dem Willen ihres Mannes unterzuordnen. So bezog sie auch jetzt nicht eigentlich Stellung dazu, aber sie war froh und dankbar, dass er sich endlich einmal auch um seinen jüngeren Sohn kümmerte und nicht nur um den älteren und immer von ihm bevorzugten Otto. Sie war glücklich, dass er wenigstens ein paar Worte der Anerkennung für Joachims Fleiß und seine Leistungen fand.

6

Jeweils zu den Weihnachts-, Oster- und Sommerferien kam Alexander Hofer nach Hause und von Mal zu Mal sah er blendender, gereifter und männlicher aus. Er war zu einem jungen Mann herangewachsen, wie man ihn in Ruhbach kaum zuvor gesehen hatte. Nicht einmal Otto Urban kam ihm gleich, auch wenn er in seiner weltgewandten Art die Blicke auf sich zog, besonders, wenn er in seinem schnittigen Zweisitzer saß, den er dank der väterlichen Vermögensverhältnisse fast jedes Jahr erneuerte und um einige PS aufstockte. Ihm fehlte das gewisse Etwas, das Männliche, das Kraftvolle, das sich nicht nur im guten, stämmigen Wuchs des Körpers zeigte, sondern sich vor allem in den scharf ausgeprägten Zügen des Gesichtes ausdrückte.

So etwas konnte nur aus der Familie der Hofers hervorgehen. Das war die stolze Meinung von Anna. Sie hatte es nicht gewünscht, sondern geradezu erwartet. Der Beweis dafür hing in Form einer eingerahmten Urkunde für Lebensrettung in der Stube, ebenso zeugte die Plakette davon, die wohl verwahrt in einem Samtkästchen an sicherem Platz aufbewahrt wurde. Ein zwölfjähriger Junge hatte unter Missachtung der eigenen Lebensgefahr ein Kind vor dem Ertrinken gerettet.

Das konnte nur ein Hofer vollbringen.

Es war jedes Mal ein Fest für Anna, wenn der Bruder heimkam in die Ferien. Schon Tage zuvor träumte sie davon, wie gut er sich wohl wieder gemacht hatte, wie bewundernd die Leute ihnen wieder nachschauen würden, wenn sie zusammen die Dorfstraße entlanggingen, welche Augen er machen würde, wenn sie ihm sagte, was inzwischen wieder auf dem Hof geschafft und erreicht worden war, und mit welchem Stolz sie zu ihm aufblicken würde, wenn er ihr seine starke Hand auf die Schulter legte und sagte: »Du bist halt meine Beste!«

Am Tag seiner Ankunft bestellte sie sogar ein Taxi, in dem sie ihn von der Bahn abholte.

»Jetzt wird es aber Zeit, dass wir uns selbst ein Auto anschaffen, Anna«, lachte er mit seinem gesunden, markanten Gesicht. »Ich erinnere dich an dein Versprechen, dass damit nur noch gewartet würde, bis ich achtzehn Jahre alt geworden bin. Jetzt gehe ich dem Zwanzigsten zu!«

»Sobald du mit der Schule fertig bist! Das Autofahren allein macht noch keinen Mann, Alexander! Das sieht man am Urban Otto.«

»So? Ist er kein Mann?«

»In meinen Augen nicht, wenn es auch sein Vater meinen mag. Du hast gute Zeugnisse?«

»Ich bin zufrieden und ich denke, du wirst es auch sein. Übrigens, Anna, wir hatten neulich einen

Sportwettkampf für den deutschen Leichtathletikverband.«

»Und?«

»Ich hab's geschafft im Kugelstoßen und im Stabhochsprung. Beide Male qualifiziert.«

Sie schüttelte erstaunt und erfreut den Kopf. »Was du nur treibst!«

»Wir haben einen ausgezeichneten Trainer. Passt dir das nicht?«

»Doch, doch! Ich gratuliere! Vielleicht hört man eines Tages: Alexander Hofer aus Ruhbach zweimaliger Olympiasieger!«

Sie lachten beide fröhlich auf.

»Ich komme mir auch beinahe so vor, als hättest du nicht einen Ferienschüler, sondern einen Olympiasieger abgeholt. Kann sich der Hof überhaupt ein Taxi leisten?«

»Wenn der Hofer selbst ankommt, muss er sich's leisten!«

Es war eine unbändige Freude in beiden. »Ach, Anna, was wäre wohl aus mir geworden, wenn ich dich nicht gehabt hätte!«

»Dasselbe könnte ich auch fragen. Vielleicht hätte ich geheiratet und wäre todunglücklich geworden.«

»Das mag schon sein, denn in Ruhbach weiß ich keinen, der dir würdig wäre!«

»Doch – einen gibt es!«

»Wen?«

»Dich! Du bist wohl mein Bruder, aber ich sehe, du wächst mir über den Kopf. Heut bin ich noch Bäuerin auf dem Hof, die Zeit kommt bald, wo meine Vormundschaft aufhört – aber ich werde mit Freuden bei dem neuen Bauern arbeiten, wenn er mich nur behalten möchte!«

»Anna. Das ist zu ernst, um darüber zu spaßen!«

»Ich spaße ja nicht!«

»Dann sage ich dir gleich: Lieber verzichte ich auf den Hof, als dass ich dich davongehen sehe!«

»Ist das wahr?«

»Ich schwöre es! Ich hatte keine Mutter, nur dich. Verstehst du mich jetzt?«

Freudig lief Alexander daheim durch das Haus, hinauf bis zur Getreidekammer, er schaute in die Scheune, in den Stall, musterte und zählte das schöne, erstklassige Vieh. Er begegnete den Mägden und Knechten, die ihn alle freudig begrüßten. Es waren noch immer die alten, ein Zeichen dafür, dass die Bäuerin sie zu halten verstand, obwohl sie auf strenge Ordnung achtete. Aber sie war gerecht.

Am Abend, als alle Arbeit getan war, saßen die beiden Geschwister bis weit nach Mitternacht in der Stube zusammen. Es gab eine Menge zu berichten und zu erzählen. Zuerst war Alexander daran, die Neugierde seiner Schwester zu befriedigen. Er erzählte von der Schule und von seinen Lehrern und Mitschülern, von seinem Tun und Treiben außerhalb der Schule, von den Spielen und Sportübungen, die ganz groß aufgezogen würden. Er berichtete ihr, dass er mit ein paar Kameraden schon einige Male in München gewesen sei, einmal bei einer großen Sportveranstaltung, dann einmal zu einem fröhlichen Wiesenbummel beim Oktoberfest mit Besichtigung der großen Landwirtschaftsausstellung. Ein paar Mal sei er sogar schon in der Oper und im Konzert gewesen. Sie hätten von der Schule verbilligte Karten bekommen. Das müsse er ihr sagen: Wenn er einmal daheim sei, einmal im Jahr müssten sie sich ein paar Tage frei machen, denn das solle auch sie einmal hören und sehen! Ein Bauer von heute könne sich nicht mehr nur damit begnügen, dass er in seiner Freizeit hinter dem Ofen sitze und Zeitung lese oder im Wirtshaus hocke und Tarock spiele. Er habe das gleiche Recht wie alle anderen auf die Kulturgüter des Volkes.

Sie konnte sich nicht genug über ihn wundern. Er sprach wie ein vollendeter Weltmann.

Aber dann wollte er wissen, was es Neues im Dorf gab, was seine ehemaligen Schulkameraden machten, wie es dem Vormund und seinen Söhnen gehe, und ob es noch immer keine Hochzeit bei Urbans gebe. Er habe den Otto fast schon in Verdacht, dass er eine heimliche Ehe führe, um dem Vater seine Auserwählte nicht zeigen zu müssen, mit der er vielleicht gar nicht einverstanden wäre.

»Das gibt es doch nicht, Alexander!«, rief sie.

»Oh, es gibt so vieles auf der Welt, wovon wir hier in Ruhbach gar keine Ahnung haben. Ich könnte dir Dinge erzählen, dass dir die Haare zu Berg stehen würden!«

»Du? Ich denke, für dich gibt es nur Schule und Sport!«

»Gewiss, aber man hört doch, was andere erzählen. So, wie ich den Urban Otto kenne, ist er kein unbeschriebenes Blatt mehr, wenn auch sein Vater es meint. Wer weiß denn so genau, was er auf seinen angeblichen Geschäftsreisen alles treibt, und mit wem er zusammentrifft?«

»Das geht uns nichts an, Alexander!«

»Gewiss nicht, aber man soll nicht glauben, wir lebten alle hinter dem Mond! Ich habe den Otto einmal in München gesehen, es war ein solcher Zufall, an den kein Mensch zu glauben vermag. Er ging auf der Straße, wir hinterher. An seinem Arm ging eine junge Frau, eine solche, von der man glaubte, er hätte sie aus einem Schaufenster geholt. Lange, dünne Beine, den Rock nicht ganz bis zu den Knien, mit nacktem Rücken, toupiertem Haar in zweierlei Farben, alles an ihr auf Sex ausgerichtet ...«

»Alexander!«, rief sie erschrocken.

»Von vorn habe ich sie nicht gesehen«, fuhr er unbeirrt fort. »Aber man konnte sich ihr Gesicht vorstellen. Sie gingen in ein Lokal und waren verschwunden. Ich kann mir schon denken, dass er mit dieser Puppe nicht vor seinem Vater erscheinen darf.«

»Wir wollen auch nichts davon verraten, gelt?«

»Nein – was geht uns die Brauerei an!«

Sie tranken zusammen eine Flasche Wein, die Anna eigens für diesen Tag besorgt hatte. Jetzt schenkte sie nach. Dann lächelte sie vor sich hin.

»Ich muss dir noch etwas sehr Lustiges erzählen, Alexander: Denk dir, mit welchen Plänen der Herr Urban sich trägt! Er rechnet damit, dass es für mich gerade passend wäre, wenn einmal auf dem Hof ein junges Bauernpaar ist, dass ich dann seinen Sohn Joachim heiraten könnte. Er meint eben, wenn eine Frau in den Dreißigern steht, müsste sie froh sein, wenn sie noch eine immerhin gute Einheirat macht.«

Er schaute sie verblüfft an. »Hat er dir das gesagt?«

»Nicht direkt, aber man kann es aus seinen Worten deutlich heraushören. Außerdem hat er schon ein paar Mal den Joachim mitgebracht, wenn er mich besucht und sich als gewissenhafter Vormund nach dir erkundigt. Ich kann dem Joachim nicht bös sein, er ist ein fleißiger, stiller Mensch, in seinem Beruf sogar sehr tüchtig, aber ich könnte mich fast zu Tode lachen, wenn ich ihn mir als meinen Mann vorstelle. Das ist ein Witz und man sieht wieder einmal, was Väter alles anstellen würden, wenn es immer nach ihrem Kopf ginge.«

Alexander hatte ihr aufmerksam zugehört und schaute eine Weile nachdenklich vor sich nieder.

»Schau, Anna, wenn du einmal heiraten wolltest, kann und darf ich dich nicht davon abhalten, so traurig es für mich wäre, wenn du hier weggingest. Ich möchte nur das eine sagen, dass der Urban Joachim mehr wert ist als sein Bruder. Dass er ein bisschen düster und schweigsam ist, daran ist ganz allein sein Vater schuld, der immer den Otto vorgezogen hat. Das weiß jeder im Dorf und er weiß es auch selbst. Der Joachim ist daheim nur der Trottel, der mit dem Hirn anschieben musste wie ein Ochse im Joch. Da wird ein Mensch so. Aber dass der alte Urban auf diese ausgefallene Idee kommt, dich mit dem Joachim verheiraten zu wollen, das will mir nicht in den Kopf. Reut es ihn jetzt, dass er so einen Unterschied gemacht hat? Warum hat er es getan? Wegen der roten Haare? Oder weshalb eigentlich? Deswegen ist der Joachim doch zehnmal besser als sein schöner, großsprecherischer Bruder.«

»Es ist da weiter nichts zu beraten und zu erwägen, Alexander«, beruhigte sie ihn. »Ich denk gar nicht ans Heiraten!«

»Das kann man nicht sagen, Anna. Aber für dich gibt es auch noch andere Chancen.«

»Für mich gibt es nur den Hof und wäre ich bloß noch die Magd!«

»Die wirst du nie sein! Du bist meine Schwester, Anna. Du bist mein bestes Stück!« Er griff nach ihren Händen und hielt sie fest. »Wir beide sind die Hofers!«

Erst als der Schlag der Uhr sie daran erinnerte, wie spät es war, stand sie auf.

»Erstens bist du müde von der Reise und zweitens haben wir jetzt genug geredet. Und morgen ist auch wieder ein Tag. Gehen wir also ins Bett!«

Er zögerte noch. »Anna, ich wollte dir eigentlich etwas sagen«, drückte er dann heraus. »Wenn es dich ärgert, muss ich es aushalten. Aber ich möcht nichts vor dir verheimlichen.«

Sie kam zurück und schaute ihn unsicher an.

»Warum? Was ist denn los? Hast du etwas angestellt?«

Er nickte.

»Was denn?«

Er stieß einen Seufzer aus. »Ich hab mich verliebt!«

»Wie?« Sie wollte es nicht glauben, was sie da hörte.

»Ich weiß schon, dass dich das erschreckt und vielleicht sogar erzürnt. Du weißt nicht, wie das ist, wenn ein junger Mensch verliebt ist. Du bist immer bloß daheim gewesen, hast auf dem Hof gewirtschaftet, es gab für dich nichts als den Hof – nein, das ist falsch, was ich sage! – es gab für dich auch mich. Du hast für mich gesorgt, weil wir keine Mutter mehr hatten.«

Sie war ein wenig bleicher geworden, weil das Blut aus ihrem Gesicht wich. Schweigend schaute sie auf ihn nieder.

Er blickte zu Boden. »Das ist so: Ich habe in der Schule einen guten Freund, wir schlafen in einem Zimmer, alles, was wir tun, tun wir zusammen. Er ist in der Nähe von Landsberg daheim, hat es also gar nicht so weit. Oft fährt er über den Sonntag heim oder er wird von seinem Bruder oder Vater abgeholt. Daheim haben sie einen recht schönen Hof mit etwa hundertzwanzig Tagwerk Grund. Man nennt ihn den Schwaigerhof. Ein paar Mal schon bin ich mit dem Ludwig mitgefahren und über Sonntag dort geblieben. Zusammen sind wir wieder zur Schule zurückgefahren. Es sind lauter nette und brave Leute, die Eltern, die Brüder – der Ludwig will einmal Baumeister werden, weil ja sein älterer Bruder den Hof kriegt. Und dann ist noch eine jüngere Tochter daheim, Afra heißt sie – und die ist es.

Ein bildhübsches Mädchen, dunkelblond, ein feines Gesicht und große blaue Augen, ein wenig zart und doch zäh und kräftig. Sie ist erst vor einem halben Jahr von einer Haushaltungsschule heimgekommen, wo sie zwei Jahre war. Jetzt hilft sie daheim mit. Zuerst haben wir uns gar nicht besonders füreinander interessiert, dann ist es ganz plötzlich gekommen! Und jetzt muss ich immer an sie denken. So etwas Nettes, Lustiges und doch Kluges. Ich bring die Afra einfach nicht mehr aus dem Kopf und ich weiß, dass sie mich auch gern hat. Ich hab dem Ludwig einmal einen Brief an sie mitgegeben. Sie hat mir geantwortet!«

Er holte seine Brieftasche hervor, suchte eine Weile darin und streckte ihr das Schreiben hin.

»Lies selbst! Und da hab ich ein Bild von ihr, das sie beigelegt hat!«

»Was? Ein Bild hast du auch schon?«, rief sie entrüstet.

»Hinten steht sogar ihr Name drauf!«

Anna betrachtete das Bildchen.

»Ist sie nicht hübsch?«, fragte er, als ihr Schweigen ihm zu lang vorkam.

»Wie alt?«

»Siebzehn.«

»Und du bist zwanzig! Ihr fangt früh an!«

»Lies jetzt, was sie geschrieben hat!«, forderte er sie ungeduldig auf.

Anna las den Brief und reichte ihn zurück.

»Das ist alles ganz schön, aber so jung wie ihr beide noch seid!«

»Jung gefreit – nie gereut!«

»Auch das noch!«, jammerte sie. »Überlege dir wenigstens, was noch alles kommen wird, bis ihr beide so weit seid!«

»Da kommt gar nichts!«, rief er trotzig.

»Sag das nicht, Alexander! Es kommen dir noch Mädchen in den Weg, die dir womöglich noch besser gefallen als diese kleine Afra!«

»Nein!«, rief er. »Sagst du mir nicht immerzu, dass wir Hofers sind? Wenn ich schon ein Hofer bin, weiß ich, was ich will und was ich zu tun habe!«

»Das kannst du heut noch nicht sagen!«

»Ich sage es aber, weil es so ist!«

»Du lieber Himmel!«, jammerte sie weiter. »Und was meinst du, was ich dabei zu tun habe? Was erwartest du von mir? Vielleicht, dass ich sage: Ja, warte das Jahr ab und heirate dieses achtzehnjährige Mädchen, wenn es ihre Eltern zulassen?«

»Nein, du sollst mir erlauben, dass ich meinen Freund Ludwig einlade und dass er seine Schwester mitbringt. Du musst die Afra selbst sehen und mit ihr sprechen. Ich wette, dass du von ihr begeistert bist. Es gibt kein solches Mädchen mehr! Anna! Bitte!«

Da war nun plötzlich ein Problem an sie herangetreten, mit dem sie wohl gerechnet hatte, das sie aber nicht in seiner Auswirkung ermessen konnte. Sie spürte seinen Trotz, mit dem er seinen Kopf durchzusetzen versuchte. Das erste Mal gab es etwas, womit sie nicht fertig wurde.

Er war nicht mehr das Kind, an dem sie herumbiegen konnte wie an einer Gerte. Er war plötzlich aus knorrigem Holz.

Sie stand vor den Blumen am Fenster und brach von den Stöcken ein paar dürre Blätter ab, die sie in der Hand zerknüllte.

Er sah sie an und wartete, bis sie etwas sagte.

»Ich mache dir einen anderen Vorschlag, Alexander«, begann sie endlich und drehte sich nach ihm um. »Du siehst ja selbst, Ostern ist heuer sehr früh, überall liegt noch Schnee und es ist noch zu nass, um spazieren zu gehen. Warte damit noch bis zum Sommer. Bedeutet dir diese Afra dann noch so viel wie heut, kannst du sie einladen. Sie kann meinetwegen eine ganze Woche und länger hier sein.«

»Da hat sie keine Zeit«, warf er ein.

»Für die Liebe findet man immer Zeit!«, lächelte sie jetzt ein wenig bitter. »Es gibt auch im Sommer manchmal eine Woche, wo es der Bauer ruhig hat, so zwischen Heu und Korn. Und der Sommer ist schöner, sie hat mehr von ihrem Besuch und du auch. Ihr könnt spazieren gehen, euch ein bisschen umschauen in der Gegend. Sie hat auch einen ganz anderen Eindruck von unserer Landschaft, wenn alles grün ist und das Korn reift, als jetzt bei dem Schneematsch und dem unfreundlichen Wetter. Meinst du nicht auch?«

Das schien er einzusehen, denn nach einer Weile nickte er zustimmend. »Du hast Recht, Anna! Sie soll einen guten Eindruck von unserem Hof und seinen Feldern bekommen. Wir machen es im Sommer. Du bist halt immer klüger als ich!«

Damit glaubte Anna das Spiel gewonnen zu haben. Ob diese Liebschaft bis zum Sommer andauerte, musste man erst abwarten. Sie glaubte nicht daran.

7

In der Zeit zwischen den Oster- und Sommerferien ereigneten sich Dinge, die niemand erwartet hatte. Sie berührten in der Hauptsache die Brauerei und die Hofers nur insofern, als Alexander seinen Vormund verlor, der sowieso kaum in Erscheinung getreten war.

Der alte Urban verunglückte auf eine wirklich seltsame Weise.

Beim Angeln war er plötzlich von einem solchen Schwindel befallen worden, dass er in den Bach stürzte und fortgetrieben wurde. Erst nach langer Zeit vermochte er sich mühsam herauszuschaffen und lag dann in seiner durchnässten Kleidung stundenlang da, bis er überhaupt in der Lage war sich heimzuschleppen. Neben der allgemeinen Kreislaufschwäche hatte er sich in dem kalten Wasser auch noch eine Lungenentzündung zugezogen, die er trotz eifriger ärztlicher Behandlung – es war sogar ein bekannter Spezialist aus der Stadt hinzugezogen worden – nicht überstand. Schon nach drei Tagen war er tot, ohne noch einmal das volle Bewusstsein erlangt zu haben.

Es gab eine große Beerdigung, bei der viele Reden gehalten wurden, und zahlreiche Vereine waren mit der Fahne ausgerückt. Ein ganzer Berg von Kränzen deckte den Sarg des toten Brauereibesitzers zu.

Eine schmächtige, weißhaarige Frau und zwei Söhne nahmen Abschied von dem Gatten und Vater.

Damit brach in der Brauerei eine neue Zeit an. Das Testament, das der alte Urban hinterlassen hatte, regelte die Besitzverhältnisse zwischen den beiden Brüdern auf das Genaueste. Ihre Rechte waren haarscharf abgesteckt. Die Geschäftsführung und die eigentliche Verantwortung für den Betrieb kamen dem älteren Otto zu, während der jüngere Joachim fernerhin als Braumeister die technische Abteilung der Brauerei leiten sollte, wofür ihm dreißig Prozent der Gewinnausschüttung zugestanden wurden. Beide hatten das Wohnrecht in der väterlichen Villa, wobei Otto das Untergeschoss, Joachim das Obergeschoss als seine rechtmäßige Eigentumswohnung zu beanspruchen hatte.

Auch für seine Frau hatte der alte Urban gesorgt: Sie bekam eine monatliche Rente in beträchtlicher Höhe und im Fall, dass die Söhne heirateten, musste ein Appartement für sie ausgebaut werden, das sie bis zu ihrem Tod als rechtmäßiges Eigentum benutzen konnte, falls sie es nicht vorzog, bei einem ihrer Söhne Wohnung zu nehmen.

Trotz des umsichtigen Testamentes, das der alte Urban hinterlassen hatte, hatte er es nicht verhindern können, dass die Familie nach seinem Tod auseinandergerissen wurde; denn es war nichts anderes zu erwarten, als dass von den beiden Brüdern jeder seine eigenen Wege gehen würde. Man hatte nie von einer brüderlichen Liebe sprechen können zwischen den beiden so verschieden gearteten Charakteren. Der alte Urban hatte eindeutig den Vorzug dem gewandten, flotten und lebenslustigen Otto gegeben und den düsteren, schweigsamen und schwerfälligen Joachim zurückgestellt, ohne zu bedenken, dass er damit ein großes Unrecht beging; denn nie hatte dieser zweite Sohn Anlass zu Verdruss und Unfrieden gegeben. Er hatte tüchtig seine Arbeit getan. Es lag allein an seiner etwas unglücklichen Natur, dass er das Herz des Vaters nie gewinnen konnte; er vermochte weder zu schmeicheln noch etwas aus sich zu machen, wie es der alte Urban gern gesehen hätte. In seiner etwas derben, ungeschlachten Art hätte er irgendein Bauernbub sein können, er war nicht geschliffen genug für einen Sohn des Brauereibesitzers Urban, der in besten Kreisen verkehrte. Diese Erwartung konnte Otto erfüllen, weshalb er vom Vater höher geschätzt und mehr geliebt wurde.

Die Mutter stand dazwischen und versuchte zu vermitteln. Man konnte nicht sagen, welchem von ihren Söhnen sie den Vorzug gab. Sie handelte gerechter, auf das Testament des Vaters hatte sie jedoch keinen Einfluss gehabt. Wenn es nach ihr gegangen wäre, hätten beide Söhne den gleichen Anteil am Erbe gehabt. Sie war froh, dass Joachim über seine Benachteiligung kein Wort verlor und offenbar mit seinem Bruder keinen Streit anfangen wollte. Vielleicht überstieg diese Regelung sogar seine Erwartung.

Es ging also alles unverändert weiter. Otto befand sich auf Reisen, leitete das Büro und die ganze kaufmännische Geschäftsabwicklung, während Joachim sich um den Produktionsbereich kümmerte. Und die Mutter kümmerte sich um das Haus. Sie war noch rüstig und stellte sich gern ihren Aufgaben.

Sie war jetzt oft mit Joachim allein, denn es kam häufig vor, dass Otto auch über Nacht ausblieb, wenn er auf Geschäftsreisen war.

»Was ist jetzt mit der Hofer Anna?«, fragte sie einmal. »Der Vater hätte es gern gesehen, wenn es zwischen euch beiden zu einer Verbindung gekommen wäre. Ihr Bruder ist nun bald alt genug, dass er den Hof übernehmen kann. Ich hätte mich sehr gefreut, wenn sie in unser Haus gekommen wäre. Sie ist tüchtig und steht auf festen Beinen. Außerdem war immer eine gute Freundschaft zwischen dem alten Hofer und dem Vater. Auch im Alter würdet ihr gut zusammenpassen.«

Es war ein kühler Sommerabend. Sie saßen auf dem Balkon der Villa und schauten in das dämmernde Tal mit dem Dorf.

»Die Anna heiratet nicht«, entgegnete Joachim nach einer Weile.

»Sie heiratet nicht? Warum denn nicht?«

Joachim zuckte die Schulter.

»Hat sie das gesagt?«, fragte sie.

»Gesagt nicht, aber das merkt man.«

»Was tut sie denn, wenn eine junge Bäuerin da ist? Über kurz oder lang wird der Alexander heiraten. Will sie dann im Austrag sitzen, die Magd machen und zur alten Jungfer werden?«

»Was weiß ich, Mutter! Sie ist freundlich und nett, wenn wir einmal zusammenkommen. Das ist aber alles. Sie spricht nur vom Hof und von ihrem Bruder. Etwas anderes existiert nicht für sie auf der Welt. Sie sagt, sie könnte es sich gar nicht vorstellen, wenn sie einmal woanders leben müsste als auf dem Hof. Lieber würde sie bis ins hohe Alter bei ihrem Bruder arbeiten als einem Mann in ein fremdes Haus folgen, und wenn sie es dort noch so gut hätte.«

»Eine seltsame Einstellung!«, meinte die alte Frau und schüttelte verständnislos den Kopf.

»Vielleicht hat sie Recht. Wir wissen nicht, wie es bei uns noch wird, Mutter. Solange du lebst, wird sich wenig ändern. Aber es kann einmal eine Zeit kommen, wo ich mich frage, wie lange ich noch für meinen Bruder in die Speichen trete. Er reist in der Weltgeschichte umher und spielt den großen Herrn, wie er es immer schon getan hat. Er weiß, dass die Arbeit gemacht wird und der Betrieb läuft. Ich werde mir eines Tages mein Erbteil auszahlen lassen und aus dem Haus gehen. Das wird erst geschehen, wenn du nicht mehr am Leben bist, Mutter. Du brauchst dir also keine Gedanken und Sorgen darüber zu machen. Eines Tages werde und muss ich mich von meinem Bruder trennen. Das hat auch der Vater befürchtet und hat gemeint, wenn die Anna meine Frau würde, könnte sie diese Trennung aufhalten. Sie ist ein starker Mensch. Ich hätte kein Mädchen lieber zur Frau gehabt als sie, aber ich sehe auch, dass sie mit mir nie glücklich sein könnte. Reden wir also nicht mehr darüber!«

Da wusste die alte Frau Urban, dass in ihrem Haus eine weit gefährlichere Glut schwelte, als sie bisher angenommen hatte. Ihr Mann war tot, er sah seine Saat nicht mehr aufgehen. Ihr fiel die Aufgabe zu, den Ausbruch des Feuers zu verhüten. Es durfte zu keinem offenen Bruch zwischen den Brüdern kommen. Das wäre das Ende.

Sie wollte selbst einmal mit Anna Hofer sprechen. Sie allein wäre der Mensch gewesen, der kraftvoll in das Geschick ihres Hauses hätte eingreifen können. Sie hatte die Situation auf dem Hof ohne jede fremde Hilfe gemeistert, das wusste jeder und jeder im Dorf bewunderte sie.

Es war noch kein halbes Jahr nach dem Tod des alten Urban vergangen, da bahnte sich die erste, bedeutungsvolle und schwer wiegende Veränderung im spannungsgeladenen Familienleben der drei Hinterbliebenen an. Otto war von einer mehrtägigen Geschäftsreise heimgekehrt und zeigte sich auffallend heiter und gesprächig.

Als sie zusammen beim Abendessen saßen, erzählte er lebhaft von seinen Reiseerlebnissen und von Menschen, mit denen er zu tun hatte. Er richtete die Rede sogar an seinen Bruder und sprach ihn häufig bei seinem Namen an, wie er es bis jetzt kaum einmal getan hatte.

Man spürte sofort, dass er damit etwas ganz Bestimmtes bezwecken wollte.

Aber erst nach dem Essen, als abgetragen war und die beiden Brüder sich rauchend in ihren Sesseln zurücklehnten, rückte er ganz plötzlich heraus und verkündete, dass er sich entschlossen habe zu heiraten, bevor das Trauerjahr zu Ende sei.

Sowohl der Mutter wie auch dem Bruder verschlug es zunächst die Sprache, denn bis jetzt hatte man nie etwas davon vernommen, dass er sich überhaupt mit dieser Absicht trug. Man wusste von keinem Verhältnis zu einem Mädchen, denn er hatte nie ein Wort darüber verloren, dass er verliebt sei. Davon hatte nicht einmal der Vater gewusst, sonst hätte er nicht einmal sagen können: »Wie alt willst du noch werden, bis du einmal eine Frau anschaust? In deinem Alter habe ich schon zwei Söhne gehabt!«

»Es geht mir in erster Linie um die Mutter«, fuhr Otto fort und blies den Rauch seiner Zigarette gegen die Decke. »Sie soll es in ihrem Alter auch noch ein wenig schöner haben. Das hat sie nur, wenn eine junge Frau im Haus ist, die sich um die tausenderlei Dinge im Haus kümmert. In zweiter Linie auch um das Geschäft, in dem sie mich in manchen Dingen unterstützen kann, wenigstens solange noch keine Kinder da sind. Ich glaube nicht, dass einer von euch dagegen etwas einzuwenden hat. Oder irre ich mich?«

Es kam noch immer keine Antwort.

»Dass ich mich dabei an den Wunsch und an die Auflage des verstorbenen Vaters halte, ist ganz selbstverständlich. Sollte die Mutter es vorziehen, in einer eigenen kleinen Wohnung zu leben, wird sofort ein Appartement angebaut, das sie nach eigenen Wünschen einrichten kann. Dagegen wirst auch du nichts haben, Joachim?«

»Wozu ein Appartement?«, wandte die Mutter ein. »Ist die Wohnung im oberen Stock nicht groß genug? Ich werde mit dem Joachim nach oben ziehen.«

»Es könnte ja sein, dass der Joachim selbst ans Heiraten denkt, Mutter!«

Sie schauten beide auf den jüngeren Bruder.

Joachim winkte ab. »Nein!«, sagte er.

Die Mutter wandte sich wieder an den älteren: »Du sprichst, als sollte die Hochzeit schon bald stattfinden!«

»Spätestens im Frühherbst.«

»Wer ist das Mädchen? Kommt es von auswärts?«

»Aus der Stadt. Sibylle Deger heißt sie, ist dreiundzwanzig Jahre alt, hübsch und geschäftstüchtig. Ihre Eltern sind vor mehreren Jahren bei einem Flugzeugunglück ums Leben gekommen. Ihr Vater war Generalvertreter einer Exportfirma und hatte viel im Ausland zu tun. Das kleine Vermögen, das er seiner Tochter hinterließ, ging fast restlos durch Schulausbildung drauf. Sie bringt also keine Reichtümer mit, aber ich denke, das ist nicht nötig. Die Hauptsache ist der Mensch, entscheidend ist die Liebe und die ist da. Ich bin überzeugt, dass der Vater keinen Einwand erhoben hätte, im Gegenteil, ich bedauere, dass er diese Schwiegertochter nicht mehr kennen lernen konnte.«

Es trat eine längere Stille ein.

»Du musst sie doch schon länger kennen?«, ließ Joachim sich hören.

»Allerdings«, war die Antwort.

»Dass du nie etwas davon verraten hast?«

Otto warf seinem Bruder einen unwilligen Blick zu. »Solange ich mir nicht sicher war, dass sie wirklich die Frau fürs Leben ist, wollte ich nicht darüber sprechen. Jetzt aber ist es so weit.«

»Wo arbeitet sie heut?«, fragte die Mutter.

»Sie hat bis heut studiert und nur gelegentliche Aushilfsarbeiten gemacht, in Büros und Geschäften, um das Geld für ihr Studium zu verdienen. Ich werde sie euch dieser Tage vorstellen, schließlich will sie ja auch sehen, wo ihre kommende Heimat liegt und wie die aussieht. Jedenfalls ist die Verlobung perfekt, ebenso steht unser beiderseitiger Entschluss zur baldmöglichsten Heirat fest. Ich habe nur den Wunsch, dass ihr von euch Liebe und Vertrauen entgegengebracht wird. Denn es müsste furchtbar für sie sein, wenn sie sehen müsste, dass sie unerwünscht im Haus ist, obwohl sich deswegen nichts an den Dingen ändern würde. Sie wird meine Frau, daran wird mich niemand hindern.«

Schon wenige Tage später stellte Otto der Mutter und dem Bruder seine Braut vor.

Sibylle Deger war genau das, was man sich unter einer Frau vorstellt, an der ein Mann von Leichtlebigkeit und Extravaganz eines Otto Urban Gefallen findet. Sie war der Typ eines modernen Menschen, gekleidet nach der neuesten Mode, in einer Art, die ihre schönen weiblichen Formen besonders betonte. Das Haar, dessen Farbe unmöglich echt sein konnte, weil es ein solches Rotbraun nicht natürlicherweise gibt, war wie ein Turban gewickelt und aufgetürmt. Die Augen waren von dunklen Schatten umgeben, der Mund war rot geschminkt, das schmale, etwas bleiche Gesicht schön geformt und ausdrucksvoll. Von Gestalt war sie schlank und langbeinig.

Sie sprach ungeniert und gewandt, sie hatte keinerlei Hemmungen und küsste ihren Otto auch vor den Augen der Mutter oder Joachims.

Zwei Tage war sie da, ließ sich von ihrem Verlobten alles zeigen und erklären, was ihr im Betrieb noch fremd war.

Die Mutter wie auch Joachim ließen diesen Besuch schweigend über sich ergehen. Widerspruchslos gaben sie ihre Zustimmung, als der Termin zur Hochzeit und alles Nötige dazu besprochen wurde.

Und dann reiste Sibylle Deger wieder ab. Otto Urban brachte sie mit seinem Auto in die Stadt zurück, nachdem sie in überschwänglichem Gefühl die Mutter umarmt und sogar dem schweigsamen, düsteren Joachim die Wange ans Gesicht gedrückt hatte.

Wenn nicht alles täuschte, hatte sie sogar Tränen in den Augen. Vor Glück? Oder vor dankbarer Rührung? Jedenfalls hatte sie erreicht, dass die Mutter Urban für sie Partei ergriff, als Joachim, nachdem sie allein waren, ein paar kritische Bemerkungen über sie fallen ließ.

»Wir dürfen nicht vergessen, sie ist in der Stadt aufgewachsen und hat dort bis heut gelebt. Sie kann nicht so sein wie wir. Und wenn ich denke, welches Unglück sie als halbwüchsiges Mädchen getroffen hat, als ihre Eltern abstürzten, hab ich fast Mitleid mit ihr«, sagte sie.

Joachim schaute starr vor sich hin. »Man sollte genauer wissen, wie sie bisher gelebt hat!«, sagte er dann.

»Wieso, was meinst du?«

»Sieht sie aus, als hätte sie noch nie geliebt?«, höhnte Joachim. »Passt dieses Weib überhaupt in unser Dorf? Muss es einem nicht angst und bang werden, wenn man an ihren Aufwand denkt, der nun vom Geschäft getragen werden muss? Du hast ja selbst gehört von den Reisen, die sie jedes Jahr machte, von den Vergnügungsstätten, in denen sie förmlich daheim zu sein scheint! Ich glaube nicht an ihre unverschuldete Armut! Ich glaube nicht einmal an die Geschichte von dem Flugzeugunglück. Wer weiß, was ihr Vater war und wie er umkam, vielleicht hat sie nicht einmal einen gehabt!«

»Joachim!«, rief die Mutter erschrocken. »Woran denkst du nur!«

»An alles, was man schon gehört und gelesen hat! Sag doch selbst, dass sie gar nicht in unser Haus passt! Dass du sie dir gar nicht vorstellen kannst als Frau in einem bürgerlichen Haushalt und gar als Mutter in einer Familie! Wenn sie gesagt hätte, sie trete jeden Abend in einer Schmierentruppe auf oder sitze Nacht für Nacht hinter der Theke einer Bar, das hätte ich ihr sofort geglaubt. Weißt du, auf welche Art und Weise Otto sie kennen lernte? Und wie lange dieses Verhältnis schon besteht? Ich wette, dass es schon zu Lebzeiten des Vaters bestanden hat, nur hat Otto es nicht gewagt, sie mitzubringen.«

Die alte Frau rang die Hände. »Gott mag verhüten, dass es wahr ist! – Aber so wie du – nein –, so dürfen wir wirklich nicht denken! Das ist dein Hass, Joachim!«

Er ging in der Wohnstube auf und ab, die geballten Hände in die Hosentaschen versenkt. Sein derb gezeichnetes Gesicht war steinhart geworden.

»Ich weiß nur, dass sie mich nicht anders einschätzt, als es mein Bruder tut. Er wird ihr erzählt haben, dass er daheim leider noch einen Bruder hat, der als Kind auf den Kopf gefallen ist und einen kleinen Dachschaden behalten hat. Aber er ist ein gutes Arbeitstier, deshalb kann man ihn hinnehmen. Ja, so etwas hasse ich, Mutter! Wie oft hat mir der Vater das Beispiel meines Bruders vorgeführt und über mich Tölpel gestöhnt, und das alles in Ottos Gegenwart. Ich weiß, dass mein Bruder sich mir überlegen fühlt. So etwas vergisst man in seinem ganzen Leben nicht! Ob der Vater heut auch so sprechen würde? Schau deinen Bruder an, was der für ein Weib daherbringt! Nimm dir doch ein Beispiel an ihm!«

Die alte Frau schaute voller Furcht auf ihren Sohn. Sie hatte ja alles selbst miterlebt und mitempfunden, ohne etwas ändern zu können. Und nun brach es hervor.

»Ich konnte es nicht verhindern«, flüsterte sie, als wollte sie sich vor ihrem eigenen Gewissen verteidigen.

»Ich weiß es, Mutter!«

»So wenig kann ich auch diese Heirat verhindern, selbst wenn ich es wollte.«

»Das sollst du auch gar nicht. Er muss selbst wissen, was er tut.«

»Ich kann nur hoffen, dass alles gut wird. Sie müssen sich beide kennen und sich bewusst sein, was sie tun. Wir leben in einem Dorf und unser Haus ist immer ein Beispiel für geordnete Verhältnisse gewesen. Man heiratet nicht, um sich nach ein paar Jahren wieder scheiden zu lassen.«

»Davor wird sie sich selbst hüten; man hat nur einmal die Gelegenheit, in eine Brauerei mit ausgezeichnetem Geschäftsgang einzuheiraten«, meinte er grimmig. »Wir beide werden jedenfalls das Obergeschoss beziehen, Mutter, und unseren eigenen Haushalt führen. Das Weitere müssen wir abwarten.«

8

Auch bei den Hofers war Besuch gewesen und er hatte fast denselben Zweck. Auch hier wurde mehr oder weniger eine Braut vorgestellt, nur wurde noch nicht über Heirat und dergleichen Dinge gesprochen; denn dazu war es noch zu früh.

Alexander Hofer, der während der Sommerferien daheim war, war schon zufrieden und glücklich, als ihm seine Schwester erlaubte, die beiden Geschwister aus dem Schwabenland, Ludwig und Afra Schwaiger, einzuladen, als die große Erntearbeit getan war. Zuvor hatte die Zeit dazu gefehlt.

Eines Tages rückten die beiden Besucher wirklich an. Es waren zwei junge, gesunde Menschen, denen man sogleich die gute Kinderstube ansah. Während Ludwig sich in den wenigen Tagen seines Besuches frei und ungezwungen auf dem Hof bewegte und dem Freund überallhin folgte – sie schliefen sogar in einer Kammer, lachten und trieben sich herum, dass man es durch das ganze Haus hörte –, zeigte Afra sich schüchtern und gehemmt, beinahe so, als sähe sie sich bis in die Tiefen ihres jungen Herzens geschaut.

Anna musste oft lächeln über sie, wenn sie plötzlich knallrot wurde, wenn nur von Alexander die Rede war. Sie fragte sich, ob ein derartig junger Mensch wohl schon so lieben konnte, dass sich alle Träume und Gedanken nur noch um den Geliebten bewegten. Sie hatte das selbst nie empfunden, wenigstens nicht in diesen jungen Jahren. Gewiss, es mangelte ihr vielleicht an den Voraussetzungen dazu. Sie hatte keine Gelegenheit gehabt, sich in einen jungen Mann zu verlieben. Sie war nirgends hingekommen außer in die Dorfkirche zum sonntäglichen Gottesdienst. Sie kannte nur die Arbeit auf dem Hof und die Sorge für den kleinen Bruder, der ohne Mutter heranwuchs. Später erst trat ihr Michael Falkner in den Weg und sie hatte gemeint, das könnte das große Glück sein. Aber es war die erste und einzige große Enttäuschung geworden.

Heute liebte sie nur noch ihren Bruder und den Hof.

Afra war in der Tat ein bildhübsches Mädchen. Ihr Bruder hatte in der Beschreibung nichts dazu- und nichts weggetan. Es war gewiss verständlich, dass ein junger Mann sich in sie verlieben konnte. Außerdem hatte sie ein goldiges Wesen, eben, weil es noch halb kindlich war. Sie war trotzdem klug und hatte vernünftige Ansichten. Anna musste sich sagen, dass sie für ihren Alexander keine bessere und nettere Frau wünschen könnte als diese Afra.

Aber bis dorthin führte noch ein weiter Weg. Es konnte noch so viel dazwischenkommen. Ob es aber nicht gut war für ihren Bruder, dass seine Gedanken heute schon hingelenkt wurden auf dieses junge, gesunde und überaus sympathische Mädchen? Konnte es ihn bewahren vor den Gefahren, denen junge Menschen so häufig ausgesetzt sind? Vor schlechter Gesellschaft? Vor bösen Einflüssen zweifelhafter Umgebung?

Diese Afra kam aus einem guten Haus und brachte die besten Voraussetzungen mit. Sie verriet es durch ihr Verhalten, durch jedes Wort, das sie sprach.

Anna erschrak oft über ihre eigenen Gedanken. Fing sie gar noch an zu kuppeln, nur weil sie selbst dieses junge Mädchen in ihr Herz zu schließen begann? Sie sah sich vor eine Entscheidung gestellt, die sie nicht einmal geahnt hatte. Musste sie es unterbinden, dass diese beiden jungen Menschen sich näher kamen und in ihrem Unverstand sich Schaden zufügten? Oder sollte sie diese junge Liebe fördern, um dieses hübsche, nette Mädchen festzuhalten, bis der Tag kam, an dem die beiden schließlich heiraten konnten?

Sie wusste es nicht und hätte viel darum gegeben, wenn sie mit Afras Eltern ein offenes Wort hätte sprechen können. Aber sie kannte diese Leute nicht einmal. Vielleicht würden sie darüber erschrecken und die kleine Afra nicht mehr aus dem Haus lassen.

Wenn Anna in der Küche oder mit der Wäsche zu tun hatte, tauchte plötzlich das Mädchen auf und half ihr bei der Arbeit. Sie hatte oft das Gefühl, als suche Afra ihre Nähe.

Warum nur?

Die beiden Burschen befanden sich irgendwo auf dem Feld oder im Wald. Sie gingen zusammen ins Dorf, wenn es etwas zu besorgen gab. Es war komisch, dass Afra nie bei ihnen war. Sie blieb lieber bei Anna. Und sie verstanden sich jeden Tag besser.

Einmal fragte Anna, wie ihr denn der Hof gefalle, und das Mädchen konnte ihn nicht genug rühmen. Ihr Vater habe schon früher von diesem Hof gesprochen, der bis in ihre Gegend als Mustergut bekannt sei. Sie meinte, Anna könnte sehr stolz auf ihren Besitz sein.

»Der Hof ist Besitz meines Bruders«, klärte Anna das Mädchen auf. »Ich verwalte und führe ihn nur so lange, bis Alexander das Alter erreicht, um ihn mit seiner jungen Bäuerin selbst übernehmen zu können. Vielleicht habe ich dann ein Stübchen, in das ich mich zurückziehen kann, wenn gerade keine Arbeit für mich da ist«, setzte sie mit wehmütigem Lächeln hinzu.

»Das wäre ja gemein!«, rief Afra schaudernd. »Du müsstest nach allem, was du getan hast, ein Stück Hausgemeinschaft bleiben, das alle hoch verehren! Das sagt auch der Vater.«

»Dein Vater? Kennt er denn unsere Verhältnisse so genau?«

»Der Alexander hat alles erzählt, wie es bei euch war und wie es zugegangen ist.«

»Die Welt kennt keinen Dank, Afra. Das weiß auch dein Vater. Aber des Dankes wegen habe ich es nicht getan, sondern weil ich es meinem Vater versprochen habe, und aus Liebe zu meinem Bruder. Ich hab ihn vom ersten Tag an gewickelt, gebadet und ihm das Fläschchen gereicht. Er hatte keine Mutter.«

Afra nickte. Auch das wusste sie. »Er hatte aber dich, seine große Schwester. Er liebt dich wie eine Mutter.«

»Glaubst du?«

»Ich weiß es.«

»Wenn er diese Liebe einmal teilen muss zwischen mir und seiner jungen Frau, wird und darf für mich nicht viel übrig bleiben, Afra! Ich möchte nur, dass er einmal recht glücklich ist und dass er eine Frau nimmt, die zu ihm passt, die mit ihm durch dick und dünn geht und seine Interessen teilt. Der Alexander liebt neben seiner Arbeit den Sport, vielleicht bin ich selber ein wenig schuld daran; denn ich habe ihn dazu getrieben, auch wenn er nicht wollte. Als er damals die Rettungsmedaille und Urkunde für die Lebensrettung eines Kindes bekam, stand sein Name in allen Zeitungen. Er war damals selbst noch ein Bub von erst zwölf Jahren. Man staunte über seine Kraft und seinen Mut. Er selbst dachte sich vielleicht gar nicht so viel dabei, aber ich war so stolz auf ihn, dass ich nur noch den Wunsch hatte, es möge immer so mit ihm bleiben. Überall wollte ich, dass er der erste sei, keiner durfte ihn in seinen Leistungen erreichen, ob es in der Schule, bei der Arbeit oder beim Sport war. Er hat schon das große Sportabzeichen bekommen, ist qualifiziert für den Landesverband. Das wollte ich, dass er überall hervortrat und hervorstach. Er sollte ein besonderer Mensch werden. Ein Hofer!«

Anna hatte die Arbeit aus der Hand gelegt und sich in ihre Gedanken verloren. Ihr Gesichtsausdruck war verklärt.

»Unser Vater war ein bedeutender Mann, das sahen wir erst, als nach seinem Tod von hohen Persönlichkeiten die Kondolenzschreiben eintrafen. Alexander aber muss den Vater erreichen und übertreffen. Der Name Hofer muss wieder einmal zu Ansehen kommen. Dann habe ich mein Ziel erreicht und trete gerne ab, um einer anderen Frau, seiner Frau, den Platz zu räumen. Afra – ja, ich muss es dir sagen –, könnest doch du die Frau einmal sein!«

Das Mädchen erschrak. Sein Gesicht übergoss sich mit feurigem Rot.

»Du brauchst nicht zu erschrecken, Afra, und erst recht nicht zu erröten. Ich weiß alles, denn mein Bruder hat mir gesagt, dass er dich liebt. Ich wollte dich natürlich erst einmal sehen. Und jetzt muss ich gestehen, dass er keine bessere Wahl treffen konnte. Nur dauert es noch eine Weile, bis ihr beide so weit seid. Man kann heut noch nicht sagen, wie es bis dahin in ihm und auch bei dir aussehen wird. Das müssen wir der Zukunft überlassen. Aber vielleicht hast du einmal den Mut, deinen Eltern zu sagen, was wir hier besprochen haben. Sie werden wissen, was sie zu tun haben, ob sie den Alexander noch weiter in ihr Haus einladen oder nicht. Wir kennen uns erst wenige Tage, aber ich habe dich in mein Herz geschlossen. Das musste ich dir noch sagen, bevor du uns wieder verlässt.«

Jetzt konnte Afra nicht mehr anders, als Anna in die Arme zu fallen.

»Ich liebe ihn!«, flüsterte sie. »Ich liebe auch dich, Anna! Was seid ihr Hofers doch für Menschen!«

Am Abend saßen sie alle beisammen in der Stube. Alexander und Ludwig waren eben erst vom Dorf heimgekommen.

»Weißt du das Neueste schon, Anna?«, fragte Alexander seine Schwester. »In der Brauerei gibt es eine Hochzeit!«

»Was du nicht sagst!«, staunte Anna. »Welcher von den beiden ist der Hochzeiter?«

»Der Otto.«

»Wen heiratet er?«

»Eine aus der Stadt.«

»Wann denn?«

»In drei Wochen. Das Aufgebot ist bereits bestellt.«

Das war auch für Anna eine Überraschung. »Dann hat der Otto schnell eine Braut gefunden!«, meinte sie. »Der alte Urban hatte schon befürchtet, dass keiner seiner beiden Söhne Neigung zur Heirat hätte.«

»Ich meine aber, der Otto hat diese Braut schon länger!«, sagte Alexander und zwinkerte.

»Du denkst wohl an jene Schöne, die du einmal an seinem Arm gesehen hast?«

»Die wird es wohl sein! Wir werden gratulieren müssen, Anna.«

»Womöglich sogar zur Hochzeit gehen.«

»Aber nur, wenn wir eingeladen werden!«

Am nächsten Tag reisten die beiden Gäste aus dem Schwabenland ab. Es gab einen herzlichen Abschied, und Anna trug ihnen auf, die Eltern freundlich zu grüßen.

»Was sagst du nun zu ihr?«, fragte Alexander.

»Hm – was soll ich sagen?«

»Nur das eine nicht, dass sie dir nicht gefallen hat!«

»Nein, da müsste ich lügen«, sagte sie.

»Wirklich? Ach, Anna, ich weiß, du bist und bleibst die Beste!«

»Wenn du in zwei oder drei Jahren zu mir kommst und noch dasselbe sagst, sollst du in mir keine Widersacherin finden, wenn auch ihre Eltern damit einverstanden sind. Aber bis dahin, mein lieber Bub, heißt es warten, warten und lernen – und beweisen, dass du ein Hofer bist!«

Er schloss sie in seine Arme, dass sie über seine Heftigkeit und Leidenschaft erschrak.

9

An der Gemeindetafel von Ruhbach hing drei Wochen lang das Aufgebot des Brauereibesitzers Otto Urban aus. Die Leute, die daran vorbeikamen, lasen es und auch den Namen der Braut: Sibylle Deger.

Sie war eine Fremde. Natürlich hatte niemand damit gerechnet, dass eine einheimische Bauerntochter die Glückliche sein könnte.

Wer aber war diese Sibylle Deger? Der Name allein schon sagte den Leuten, dass sie etwas Besonderes war. Wer hieß hierzulande schon Sibylle? Sicher war es die Tochter eines vermögenden Herrn aus der Stadt, vielleicht eines Geschäftsmannes. Schon der alte Urban hatte weltweit Beziehungen gepflegt.

Die Frage blieb offen, denn niemand wusste, wer diese Sibylle Deger war und woher sie kam. Und die Leute von der Brauerei hüllten sich in Schweigen.

Aber Otto Urban bekundete seine Verbundenheit mit dem Dorf, indem er den Hochzeitslader von

Haus zu Haus schickte und um Beteiligung an seinem Ehrentag bitten ließ. Es gab eine sogenannte große Hochzeit mit feierlichem Gottesdienst und anschließendem Festmahl und Tanz im Saal des Gasthauses.

Auch zu den Hofers kam der Hochzeitslader. Außerdem traf noch eine gedruckte Einladungskarte ein. Die freundschaftlichen Beziehungen, die allzeit zwischen der Brauerei und dem Hof bestanden hatten, ließen es anders nicht zu.

Der Tag, an dem die Hochzeit des Brauereibesitzers stattfand, war der letzte Ferientag, an dem Alexander noch daheim war. Somit konnten die Geschwister Hofer gemeinsam an der Feier teilnehmen und dieser Verpflichtung nachkommen.

Der große Saal des Gasthauses war heute besonders schön geschmückt. Sie hatten jedoch nicht erwartet, dass sie zu den sogenannten Ehrengästen zählen würden, die am blumengeschmückten Hochzeitstisch ihre reservierten Plätze hatten, an dem sich alle näheren Verwandten und Freunde des Hauses Urban versammelten.

So standen sie unversehens vor dem Brautpaar und hatten ihre Glückwünsche auszusprechen. Wie froh war Anna, dass ihr Bruder dabei war, der das in einer erstaunlich gewandten und unbefangenen Form erledigte.

Otto Urban stellte seiner jungen, schönen Frau das Geschwisterpaar vor und erinnerte an die guten, freundschaftlichen Beziehungen zwischen der Brauerei und den Hofers, als die Väter noch am Leben waren. Er selbst habe immer den Wunsch gehabt, dass die traditionelle Freundschaft zwischen den beiden Häusern fortgesetzt würde, zumal es ja einen jungen Hofer gebe, der gewiss über kurz oder lang auch seinen Hochzeitstag feiern werde.

Damit klopfte Otto dem jungen Hofer freundschaftlich auf die Schulter.

Die Geschwister Hofer kamen am Tisch schräg gegenüber dem Brautpaar zu sitzen. Sie hatten nun Gelegenheit genug, die Braut heimlich zu betrachten, leider verdeckten die Blumen, die vor ihr standen, etwas ihr Gesicht, zumindest von Alexander aus gesehen. Anna, die etwas weiter oben saß, konnte sie genauer betrachten.

Das ärgerte ihn fast und er wusste nicht, warum. Am liebsten hätte er mit seiner Schwester den Platz getauscht, wenn er nur eine stichhaltige Begründung dafür gefunden hätte.

Gewiss, diese Sibylle Deger oder Sibylle Urban, wie sie ab heute hieß, war ein sehr adrettes Geschöpf, eine von jenen Frauen, die es verstanden, ihre natürliche Schönheit auf eine raffinierte Weise noch zu steigern und so auf die Augen der Männer verführerisch zu wirken. Alles an ihr war anmutige und betonte Weiblichkeit.

Das stellte Alexander auf den ersten Blick fest, ohne jedoch davon gefangen zu werden. Sein Interesse war rein sachlicher Natur.

Er schätzte sie noch sehr jung, aber dennoch war sie wohl älter, als sie sich gab. Auch das schien ein Trick von ihr zu sein, über ein paar Jahre ihres Alters hinwegzutäuschen. Er hörte ihr Lachen, wenn Otto ihr etwas ins Ohr flüsterte. Es erinnerte ihn an den Übermut eines in Glück und Erfolg schwelgenden Menschen.

Das Hochzeitsmahl wurde aufgetragen und bei unterhaltenden, heiteren Gesprächen eingenommen. Eine kleine Musikkapelle mit modernen Instrumenten, die eigens von auswärts bestellt worden war, lieferte die Musik.

Von den Menschen, die um den Ehrentisch saßen, kannte Alexander nur die alte Frau Urban und den Joachim, der neben ihr saß, den Pfarrer des Dorfes, den Bürgermeister und noch einige Dorfbewohner, die zu den Honoratioren gezählt wurden. Die anderen waren ihm alle fremd. Es schienen Geschäftsfreunde zu sein, darunter einige von sehr eleganter Erscheinung.

Anna wurde nach und nach in die Gespräche der Frauen, die in ihrer Nähe saßen, einbezogen, und Alexander konnte völlig ungestört seine Beobachtungen machen. Er sah, dass die alte Frau Urban nichts weniger als glücklich war. Die Hochzeit ihres Sohnes schien ihr mehr Kummer und Sorgen als Freude zu bereiten. Passte ihr diese junge, schöne Frau nicht? Und warum wohl nicht? War sie ihr zu aufgeputzt? Oder entsprachen Stand und Herkunft der Braut nicht ihren Wünschen und Vorstellungen? Man merkte ihr an, dass sie nur gezwungenermaßen hier saß und die Feier mitmachte. Sie befand sich in einem Gespräch mit dem Pfarrer, der neben ihr seinen Platz hatte, aber sie lächelte nie.

Von Joachim war man es gewöhnt, dass er schweigend und düster in den Tag schaute.

Nach dem Essen begann der Tanz, den das Brautpaar eröffnete. Danach betraten die Gäste die Tanzfläche. Pausenlos wurde nun getanzt, die Stimmung wuchs.

Alexander verließ den Platz und kehrte erst zurück, als das Nachtmahl eingenommen wurde.

Anna konnte sich nicht genug über ihn wundern, als sie ihn bald mit diesem, bald mit jenem Mädchen auf der Tanzfläche erblickte und schwungvoll und elegant tanzen sah. Wann und wo hatte er nur diese vielen Tänze gelernt, die er jetzt einzelnen Paaren beizubringen suchte? Er beherrschte förmlich den Tanzplatz, alle drängten sich um ihn. Es war wie in einer Tanzschule. Und die Musik machte mit.

Es war schon Nacht geworden und im Saal brannten hell die Lichter.

Man wusste nicht, wie es geschah, aber bei der Damenwahl stand plötzlich die Braut vor Alexander, um ihn mit einem kecken Lächeln aufzufordern. Anna wollte ihren Augen nicht trauen, als die beiden darauf ganz allein auf dem Podium waren und einen Schautanz vorführten, der die Zuschauer zu wahren Begeisterungsstürmen hinriss. Man drängte sich an die Rampe und klatschte den Takt. Sibylle und Alexander tanzten einen formvollendeten Twist, wie man ihn hier noch nicht gesehen hatte.

Der Applaus darauf war so stark, dass alle Worte untergingen.

Anna war das Ganze so unangenehm, dass sie am liebsten unter den Tisch gekrochen wäre. Sie konnte nicht verstehen, wie man sich so aufführen konnte. Sie war beschämt.

Otto Urban war aufgestanden und klatschte dem Paar freudestrahlend entgegen, als es sich mit erhitzten Gesichtern dem Tisch näherte. Er klopfte Alexander freundschaftlich auf die Schulter und nahm die lachende Braut in Empfang.

Was hatte das alles zu bedeuten? Anna konnte es sich nicht denken, sie spürte nur, dass sie sich dieser neuen Freundschaft entgegenstemmen musste. Sie musste sie verhindern.

Als Alexander sich mit ein paar freundlichen Worten wieder an ihrer Seite niederließ, hätte sie ihm am liebsten ins Gesicht geschlagen. Der Tanz ging weiter. Und als Otto Urban Anna auffordern wollte, lehnte sie freundlich, aber entschieden ab.

»Du weißt, ich kann nicht tanzen, ich habe es nie gelernt!«

»Bei diesem Trubel fällt es nicht auf, Anna!«, meinte er.

»Nein, danke! Ich tanze nicht!«

Da führte Otto die Braut zum Tanzplatz.

Alexander schaute ihnen nach.

»Wir gehen heim!«, beschloss Anna.

»Jetzt schon?«, bedauerte er.

»Morgen ist dein Abreisetag, es gibt noch viel zu tun.«

Sie war unerbittlich.

Darauf verabschiedeten sie sich freundlich, wie es sich gehörte, vom Brautpaar und der Tischgesellschaft.

»Schade!«, bedauerte Otto Urban. »Jetzt kommen wir erst in die richtige Stimmung!«

Die Braut und Alexander wechselten einen Blick, der Anna, hätte sie ihn bemerkt, noch unruhiger gemacht hätte, als sie ohnehin schon war. Sie verabschiedete sich von Frau Urban und von Joachim.

»Ich hätte dich gern zum Tanz aufgefordert, Anna«, entschuldigte sich Joachim und schaute sie voll Befangenheit an. »Aber erstens ist der Vater noch kein halbes Jahr tot, weshalb ich nicht tanzen will, und zweitens kann ich es nicht, weil ich es nie richtig gelernt habe.«

»Ich kann es auch nicht und habe auch keine Lust dazu«, entgegnete sie lächelnd und drückte seine Hand.

Unterdessen stand Alexander beim Brautpaar. Es mussten heitere Worte sein, die sie tauschten, denn es wurde viel gelacht.

Anna ging an ihnen vorbei. »Komm jetzt!«, flüsterte sie ihrem Bruder zu.

Es hätte nur eines kurzen Wortes bedurft, dann hätte Otto Urban die beiden Geschwister gern heimgefahren. Aber Anna verzichtete.

So gingen sie auf einsamer Straße durch die Herbstnacht heimwärts. Zunächst verhielten sich beide sehr schweigsam. Alexander erwähnte nur, dass die Nächte jetzt schon recht kühl seien. Man empfinde das besonders, wenn man aus der Wärme des Festsaales komme. Aber er erhielt darauf keine Antwort. Sie war mit ihren Gedanken woanders.

»Du sollst dir nur nicht denken, dass du heut in Otto Urban einen neuen Freund gefunden hast!«, sagte sie dann plötzlich in die Stille, und zwar in einem Ton, der ihn zum Widerstand reizte.

»Was willst du damit sagen?«, fragte er.

»Dass er kein Umgang für dich ist!«

»Warum nicht? Unser Vater und der alte Urban waren gute Freunde!«

»Der alte Urban!«, rief sie gedehnt. »Der Sohn ist ganz anders. Jedenfalls hätte der alte Urban in seiner Jugend keine Frau geheiratet wie die!«

»Warum? Was fehlt an ihr?«

»Das fragst du noch? Führt man sich im Brautschleier so auf wie die?«

Er lachte. »Meinst du den Tanz? Schau, Anna, sie kommt eben aus der Stadt, wo diese Tänze heut selbstverständlich und sogar beliebt sind. Du weißt das halt nicht, weil du noch nie aus dem Dorf fortgekommen bist. Du musst selbst sagen, dass erst danach eine richtig gute Stimmung aufgekommen ist!«

»Ich danke für eine solche Stimmung! Überhaupt gehört es sich nicht, dass man kurz nach dem Tod des Vaters eine solche Hochzeit aufzieht! Da lobe ich mir den Joachim; er hat sich zurückgehalten und wohl auch sehr geärgert, zumindest über seinen Bruder, der mehrmals mitgetanzt hat.«

»Der Joachim ist die personifizierte Unlust. Du hättest ihn heiraten sollen, dann wäre die Mimosenfamilie fertig gewesen!«

Diese Rede ärgerte sie. »Wie sprichst du mit mir, Alexander? Bin ich vielleicht eine Mimose, die ihr Herz verschließt? Ich habe mich einfach über den ausgelassenen Tanz entsetzt! Und damit war ich bestimmt nicht allein. Eine anständige Braut hätte nicht mitgemacht, das darfst du mir glauben, zumal sie in ein Trauerhaus heiratet. Und von dir hätte ich etwas mehr Rücksicht erwartet. Lass mich wenigstens in dem Glauben, dass das Ganze nicht vor dir, sondern von ihr ausgegangen ist! Denn so schätze ich diese Frau ein.«

»Ich verstehe dich nicht, Anna!«

»Nichts mehr davon! Ich hab dir gesagt, was ich davon halte. Ich will auch nicht, dass du dich mit dem Otto und seiner Frau anfreundest. Wir haben nichts mit ihnen gemein. Ich hab dich auf die höhere Schule geschickt, damit du etwas lernen sollst, etwas, das dem Namen und dem Andenken unseres Vaters Ehre macht. Das ist gewiss nicht ein solcher Tanz! Ich wollte, dass du sportliche Leistungen vollbringst, weil ich wusste, dass du es kannst!«

»Hab ich da bis heut nichts geleistet?«, ging er auf.

»Doch, das hast du und darum bin ich stolz auf dich. Ich habe, weil du es wolltest, das nette Mädchen aus dem Schwabenland eingeladen. Ich wollte dir damit eine Freude machen und ich hatte selbst auch meine Freude daran. Was meinst du, was diese Afra dazu sagen würde, hätte sie dich heut so gesehen? Ein Hofer stellt sich nicht mit einem solchen Idiotentanz der Öffentlichkeit zur Schau!

Wenn das die neue Brauereibesitzersfrau tun will, geht es mich nichts an, aber sie soll sich dazu einen anderen Partner suchen. Ich rechne das Ganze deiner Dummheit zu und will nie mehr darüber sprechen.«

»Danke!«, erwiderte er grimmig und schwieg.

10

Die Sache schien auch wirklich abgetan zu sein. Wenn Anna befürchtet hatte, es könnte irgendjemand im Dorf sich über den Vorfall beim Hochzeitstanz einen nachhaltigen Gedanken machen, gab sie sich einer Täuschung hin. Im Gegenteil, alle, die es gesehen hatten, hatten daran ihren besonderen Spaß gehabt. Es war einmal etwas anderes gewesen.

Über alle kam wieder der Alltag. Die Bauern holten die letzten Feldfrüchte ein, Otto Urban war gleich am nächsten Tag mit seiner Frau zu einer Hochzeitsreise in Richtung Süden aufgebrochen, und sein Bruder Joachim kehrte zurück zu seiner Arbeit in der Brauerei. Er war mit der Mutter in das Obergeschoss der Villa gezogen und hatte damit zwischen sich und der Mutter einerseits und dem jungvermählten Paar andererseits die häusliche Trennung vollzogen, die dem Frieden zwischen ihnen dienlich sein sollte.

Alexander Hofer hatte von daheim Abschied genommen und war in die Schule zurückgekehrt, um noch das letzte Jahr seiner Berufsausbildung zu machen. Damit waren alle Fäden, die sich anspinnen wollten, wenigstens zunächst wieder zerrissen. So rechnete und hoffte Anna und überlegte, was sie zu tun hatte, um ihren Bruder jenem Ziel zuzuführen, das ihr von Anfang an vorgeschwebt war. Dieses Ziel war, aus ihm einen Bauern zu machen, der wie der Vater allen anderen Bauern zum Beispiel und Vorbild wurde. Sein Name sollte bekannt werden, Geltung erlangen in den Berufs- und Wirtschaftsverbänden. Man sollte, wenigstens solange er noch jung war, in der Sportwelt von ihm sprechen. Er sollte einmal eine Reihe von Auszeichnungen vorweisen können. Es sollten, wie damals beim Vater, Leute aus Fachverbänden und Lehranstalten kommen, um das Mustergut zu besichtigen und in Reportagen darüber zu berichten.

Der Hof musste wieder zu seiner früheren Bedeutung gelangen. Das konnte erst erreicht werden, wenn wieder ein Bauer da war, der alles in fester Hand hatte und in seiner Persönlichkeit seine Mitmenschen überragte.

Als in diesen Tagen von Afra ein Brief eintraf, in dem sie nochmals für alles Schöne und Gute bei ihrem Besuch auf dem Hof dankte und besondere Grüße von ihren Eltern bestellte, setzte Anna sich schon am Abend des gleichen Tages hin, um den Brief zu beantworten. Sie war ganz fest davon überzeugt, dass nur dieses hübsche, kluge und großartige

Mädchen ihrem Bruder jenen Halt bieten könne, dessen er zu bedürfen schien. Sie fühlte, dass er ihr langsam zu entwachsen drohte und eines Tages ihre Sorge als Einengung empfinden könnte, die er ganz einfach abschütteln würde. Sie fürchtete seine Leidenschaftlichkeit, die sie gerade in der letzten Zeit an ihm festzustellen glaubte, wenn er in heftigen Gefühlsausbrüchen für Menschen und Geschehnisse Partei ergriff oder andere wieder mit Hass und Jähzorn verdonnerte.

Von ihren Sorgen und ihrer Furcht schrieb sie Afra natürlich nichts. Aber sie möge ihre Eltern bitten, dass sie um die Weihnachtszeit mit ihrem Bruder wieder auf ein paar Tage kommen dürfe. Sie würde ihr dadurch eine große Freude bereiten, denn gerade im Winter, wenn die Arbeit still und ruhig geworden sei, fühle sie sich oft recht einsam auf dem Hof. Außerdem wolle sie ein wenig gutmachen, dass ihr Bruder so oft die Sonntage bei ihnen zubringe.

Noch ein paar Briefe gingen hin und her, und als die Weihnachtsferien begannen, brachte Alexander freudig die Nachricht mit, dass die beiden Geschwister aus dem Schwabenland am zweiten Feiertag eintreffen wollten. Den Heiligen Abend und das Weihnachtsfest wollten sie daheim sein und an diesen Tagen mit der ganzen Familie beisammen bleiben.

Es war also alles wieder in Ordnung gekommen, und Alexander konnte nicht genug von den Leuten aus dem Schwaigerhof, besonders aber von Afra, erzählen und schwärmen.

»Glaube mir, dort ist schon bald meine zweite Heimat«, sagte er. »Ich freue mich so sehr, dass du die beiden wieder eingeladen hast, Anna. Ich wollte dich schon darum bitten, habe es aber doch nicht gewagt. Nun hast du es aber von dir selbst aus gemacht. Gelt, dir gefällt die Afra schon auch recht gut?«

»Ja, ich habe sie gern.«

Alles andere, was Anna so beschäftigt und beunruhigt hatte, war dann vergessen, es schien nie existiert zu haben. Nicht ein einziges Wort wurde über die Brauerei gesprochen, keine einzige Frage über das jungverheiratete Paar wurde laut.

Zusammen mit den Dienstboten wurde bei den Hofers in der guten Stube der Weihnachtsabend in herkömmlicher Weise gefeiert, bis die Kirchenglocken zur Mette läuteten.

Jetzt rüstete man sich zum Kirchgang. Anna hütete das Haus, aber Alexander schloss sich den Dienstboten an und stapfte mit ihnen durch den tiefen Schnee hinab ins Dorf.

Gerade in dem Augenblick, als sie die Kirche erreichten, hielt auf dem Vorplatz ein eleganter Wagen an.

Alexander blieb zurück und wartete, bis die Insassen des Wagens zum Vorschein kamen. Er ahnte, wem dieses Auto gehörte.

Richtig, Otto Urban und seine Frau stiegen aus.

Er musste ihnen doch wenigstens grüß Gott sagen und so trat er auf sie zu. Die Frau hatte den Kragen ihres Mantels hochgeschlagen, so dass der Kopf rundherum von Pelz umgeben war. Nur das Gesicht schaute ein wenig hervor. Von ihrem Mund stob dampfend der Atem; denn es war sehr kalt.

»Alexander!«, rief Otto erfreut und schüttelte ihm die Hand.

Der Hofer-Sohn begrüßte auch die junge Frau. Von der Kirche her schimmerten die Lichter und spiegelten sich in ihren Augen, die ihn unverwandt anschauten.

»Wie geht es?«, fragte Alexander.

»Ausgezeichnet!«, antwortete Otto. »Weihnachtsferien! Wie lang dauert denn die Schule noch?«

»Es ist jetzt das letzte Jahr.«

»Und dann Bauer auf eurem Hof?«

»Ich denke – ja.«

»Also gibt es wohl bald wieder eine große Hochzeit?«

»So bald noch nicht, aber es wird einmal kommen.«

Die Frau sagte nichts, aber sie schaute ihn unverwandt an. Ab und zu huschte ein Lächeln über ihren Mund.

Das Glockenläuten setzte wieder ein. Menschen zogen an ihnen vorbei, grüßten und gingen der Kirche zu.

»Es würde uns freuen, wenn du uns dieser Tage einmal besuchen würdest«, sagte Otto und richtete einen Blick auf seine Frau. »Nicht wahr, Sibylle?«

Sie nickte eifrig und wiederholte die Einladung.

Alexander schaute sie an, ihre Blicke ruhten ineinander. Er dankte und bedauerte, dass er von dieser Einladung keinen Gebrauch machen könne, weil er Besuch bekomme.

»Gewiss das Bräutchen?«, fragte Otto.

»Ein Schulkamerad und Sportfreund mit seiner Schwester.«

»Also doch!«, lächelte der Brauereibesitzer. »Es ist nicht schwer zu erraten. Was macht der Sport? Immer noch fest daran?«

»Gewiss.«

»Neulich habe ich einmal ganz zufällig deinen Namen im Rundfunk gehört.«

»So?«

»Bei einer Reportage vom Länderkampf. Ich gratuliere!«

»Danke!«

Von der Kirche her kam jetzt das Orgelspiel, Gesang setzte ein.

»Ich glaub, wir müssen gehen«, sagte Alexander.

»Ich glaub es auch, sonst frieren uns noch die Füße an. Also – mach's gut, Alexander! Hals- und Beinbruch! Vergiss nicht, wir warten auf deinen Besuch. Wenn es nicht früher geht, dann wenigstens in den nächsten Ferien!«

Sie gaben sich die Hände.

Auch Sibylle streckte ihm die Hand aus dem Mantel hervor entgegen und schaute ihn wieder mit so seltsamen Augen an, als wollte sie ihm etwas ganz Bestimmtes sagen.

Er musste während des Gottesdienstes noch daran denken. War sie nicht glücklich? Otto war viel auf Geschäftsreisen. Man konnte sich ja denken, wie einsam sich diese Frau vorkommen musste bei dem schweigsamen und düsteren Menschen, wie es der Joachim war. Sie war doch noch so schrecklich jung.

Anna hatte noch ein heißes Getränk bereit, als er heimkam.

»Was hört man denn über Urbans?«, fragte er. »Wie geht es dem jungverheirateten Paar?«

Diese Frage hatte sie nicht erwartet. Sie erschrak darüber ohne zu wissen, warum. Was war denn dabei, wenn er fragte?

»Wieso?«

»Ich habe sie auf dem Kirchplatz getroffen, den Otto und seine Frau.«

»Und?«

»Sie haben mich eingeladen, aber ich musste ihnen absagen, weil wir ja Besuch bekommen.«

Sie nickte. »Natürlich!«

Er trank den heißen Wein und schaute nachdenklich vor sich hin. »Sag, Anna, ist die Frau glücklich?«

»Wieso? Warum soll sie es nicht sein?«

»Sie machte so einen Eindruck auf mich, ein wenig verschüchtert oder gar deprimiert.«

Da lachte Anna laut heraus. »Die und verschüchtert oder gar deprimiert?«

»Wenn sie mit dem Joachim und seiner Mutter zusammenleben muss, kann ihr schon die Freude vergehen!«

»Erstens haben sie die Wohnungen getrennt und kommen sowieso nicht zusammen, zweitens soll sie ein recht lustiger Vogel sein. Der Otto hat ihr einen neuen Wagen gekauft, in dem sie munter in der Weltgeschichte herumgondelt. Wenn er nicht da ist, findest du sie gewiss auch nicht daheim. Darum wird sie ihn auch geheiratet haben. Das Geld ist da, man kann sich jedes Vergnügen leisten. Mehr wollte sie nicht.«

»Sagt man das im Dorf? Oder ist das bloß deine persönliche Meinung?«

»Das kannst du überall hören, und überhaupt, was gehen mich die Urbans an? Man sagt schon, der alte Urban habe sich damals nach dem Tod des Vaters um uns gekümmert. Was hat er denn getan? Pro forma war er dein Vormund, nur damit das Kind einen Namen hatte. Alles andere überließ er brav mir. Ich habe auch niemand gebraucht und heut brauchen wir erst recht niemand mehr.«

»Warum bist du denn so aufgebracht, Anna? Hat dir jemand von Urbans etwas angetan?«

»Ich mag diese Leute nicht und damit will ich meine Ruhe.«

Die beiden jungen Gäste aus dem Schwabenland rückten mit den Skiern an, wie es verabredet worden war. Das Land war bergig und bot wunderbare Abfahrten. Außerdem lag ausgezeichneter Schnee.

Anna schloss das Mädchen vor Freude in die Arme. Noch deutlicher als das erste Mal fühlte sie sich hingezogen zu diesem jungen, an Leib und Seele gesunden Menschen. Schon das durchblutete, frische und von der Kälte gerötete Gesicht mit den strahlenden, fröhlichen Augen nahm Anna für sie ein. Die nette Kleidung, die sie trug, der pelzbesetzte Anorak, die Kapuze über den Kopf gezogen, dass nur ein paar lockige Haarsträhnen hervorschauten, vollendete ihre anmutige Erscheinung. Man musste sie ganz einfach in die Arme schließen.

Im Ofen krachte das Feuer, und als es zu dunkeln begann, zündete Anna am Christbaum die Lichter an.

Bis in die späten Nachtstunden saßen die vier plaudernd beisammen.

Zuerst gingen die beiden Freunde zu Bett, sie lümmelten die Treppe hinauf zu ihrer Kammer wie zwei ausgelassene Jungen.

»Ich freu mich so, dass ihr gekommen seid«, sagte Anna zu dem Mädchen, als sie allein zurückblieben. »Du siehst, welches Leben gleich bei uns im Haus herrscht.«

»Wir sind gern gekommen und die Eltern haben sich auch gefreut«, erwiderte Afra.

Anna bereitete noch einiges für den kommenden Morgen vor und das Mädchen folgte ihr auf Schritt und Tritt.

»Wenn du nur ein paar Jahre älter wärst, Afra!«

»Warum?«

Darauf wusste Anna nicht gleich eine Antwort. Sie atmete tief und herb auf, einen Seufzer unterdrückend. Dann wandte sie sich nach ihr um. »Ich habe manchmal so große Angst!«

»Angst?«, wunderte sich das Mädchen und sie schaute Anna aus den runden Kulleraugen treuherzig an. »Wovor denn?«

»Vor der Zukunft. Jawohl, vor der Zukunft! Oft

meine ich, ich hätte die Kraft nicht mehr wie früher. Da hatte ich alles in der Hand, den Hof, die Dienstboten, den Alexander. Freilich, damals war mein Bruder noch ein Kind. Wenn er nicht gehorchen wollte, brauchte ich ihn nur zurechtzuweisen. Heut ist das ganz anders. Er sieht in mir nicht mehr die große Schwester, die junge Bäuerin, die den Knechten und Mägden befiehlt, sondern womöglich eine Pomeranze, die nicht vom Platz gekommen ist, nichts von der Welt weiß. Er fühlt sich klüger, erfahrener und über mich hinausgewachsen. Darum habe ich Angst.«

Afra legte ihren Arm um sie.

»Das ist aber dumm! Der Alexander ist doch ein so guter, tüchtiger Bursche. Meine Eltern sagen oft: Wie muss nur seine Schwester sein, die es verstanden hat, einen solchen Menschen aus ihrem kleinen Bruder zu machen?«

Anna lächelte wehmütig.

»Sag deinen Eltern, dass ich außer meinem Bruder niemand mehr hatte, den ich lieben konnte und durfte. Er war der einzige Mensch, der noch zu mir gehörte. Ich wollte mit ihm das Beste erreichen, nämlich, dass er zu einem Hofer heranwächst. Ich war noch ein kleines Schulmädchen, als zwei Brüder tot ins Haus getragen wurden. Jedesmal habe ich gemeint, der Vater oder die Mutter oder beide müssten zusammenbrechen. Aber sie standen still, nur die Tränen rollten über ihre Wangen. So standen sie vor den Schragen, auf dem ihre Söhne aufgebahrt waren, zuerst der ältere, bald darauf der jüngere. Dann wurde der Alexander geboren und die Mutter musste bei der Geburt sterben. Ich sehe den Vater heut noch, wie er gebeugt dastand, als vermöchte er kaum mehr diese Last zu tragen. Er trug sie unerschütterlich bis zu seinem Tod. Dem Alexander blieb das erspart, aber ich trug mit daran und darum bin ich so geworden, wie du mich heut siehst. Manche Leute sagen, ich sei weder Mann noch Weib, ein Wesen, dem die natürlichen menschlichen Regungen und Gefühle fehlten. Ich sei nur eine Bäuerin, und das mit Leib und Seele, ohne für weitere Empfindungen und Bestrebungen einen Sinn zu haben. Wenn sie wüssten, was ich schon gelitten habe! Aber ich habe immer an meine Eltern gedacht, besonders an den Vater, und mich daran erinnert, dass ich ihm ein Versprechen gegeben habe.«

O, Anna!«, rief das junge Mädchen aus und warf die Arme um sie. »Wenn du meine Schwester wärst, wie stolz und glücklich würde ich sein!«

»Du hast mein ganzes Vertrauen, Afra, darum habe ich dir das erzählt, was kein Mensch weiß und woran kein Mensch denkt, auch mein Bruder nicht.«

Sie kehrten in die Stube zurück und hielten ihre Hände noch eine Weile an die warmen Kacheln des Ofens.

11

Es war in der Zeit, als das Frühlingstauwetter einsetzte mit zerrinnendem Schnee und feuchten, matschigen Straßen. In den Nächten fiel immer noch ein leichter Frost ein, wodurch es zu gefährlichen Glatteisbildungen kam. Es gab vermehrt Autounfälle; denn nicht jeder Fahrer ließ in den Kurven oder auf abschüssigen Stellen der Straßen die nötige Vorsicht walten.

Die Bierwagen kamen oft mit erheblichen Verspätungen von ihren Lieferfahrten heim. Brauer und Arbeiter waren längst in den Feierabend gegangen. Aber Joachim Urban war noch bei der Arbeit. Er ging mit den Fahrern ins Büro, nahm die Abrechnungen und die Gelder entgegen und sperrte sie in den Tresor. Danach löschte er die Lichter, sperrte die Tore und die Türen des Betriebes zu und ging nun auch in den Feierabend.

Er bewohnte seit der Verheiratung seines Bruders mit der Mutter das obere Stockwerk der Villa, das einen eigenen Eingang hatte, so dass sie mit dem unter ihnen wohnenden Paar nicht in Berührung kamen, wenn sie das nicht beabsichtigten. Außerdem bestand sowieso kaum eine Gefahr einer solchen Begegnung; denn Otto war tagelang auswärts, und wenn es seiner jungen Frau zu langweilig wurde, setzte sie sich in ihren Sportwagen und fuhr ebenfalls weg. Sie blieb dann mehrere Tage lang weg, ohne dass man überhaupt wusste, wo und bei wem sie sich aufhielt.

Wer also damit gerechnet hatte, dass sie sich wenigstens nach und nach um das Geschäft kümmern und sich im Büro einarbeiten würde, der hatte sich gründlich getäuscht. Sie spielte die vermögende Frau und ging ihre eigenen Wege.

Dass Joachim sich darüber aufregte, war nur verständlich. Er war es schließlich, der den Betrieb in Schuss halten musste, zusammen mit dem Buchhalter, einem älteren, tüchtigen Mann, der schon viele Jahre auf diesem Posten und mit der gesamten Firma vertraut war. Aber dieser Mann hatte viel Arbeit, was hätte es der jungen Frau geschadet, wenn sie ihn ein wenig unterstützt hätte, wenigstens solange, bis Kinder kamen!

Das war Joachims Meinung.

Otto dachte freilich anders: »Meine Frau hat es nicht nötig, dass sie arbeitet!«, sagte er. »Ich habe keine Buchhalterin geheiratet, die vom Morgen bis zum Abend im Büro sitzt, sondern eine Frau, die nur für mich da ist. Mutter war auch nur für die Familie da! Wenn der alte Melling nicht mehr nachkommt, muss noch jemand eingestellt werden.«

Es wurde niemand eingestellt und der alte Buchhalter Melling schlug sich weiterhin mit der vielen Arbeit herum. Wenn im Betrieb längst alles dunkel war, brannte im Büro oft noch das Licht.

Joachim nahm ihm gelegentlich diese und jene Arbeit ab und schickte den Alten heim. »Ich werde meinem Bruder einfach so lange in den Ohren liegen, Melling, bis jemand herkommt!«, tröstete er den Alten.

Nun saß Joachim mit der Mutter beim Abendbrot.

»Unten ist alles dunkel«, sagte er. »Anscheinend ist niemand da.«

»Sie ist am Nachmittag weggefahren«, berichtete die Mutter.

Joachim nickte. »Dann kommt sie heut nicht mehr zurück. Es steigt nämlich dichter Nebel auf. Wenn der Otto noch nicht auf dem Heimweg ist, bleibt er wohl auch über Nacht weg. Ja, so ist das heut bei uns, Mutter! Wenn ich nicht meine verlässlichen Leute und im Büro den alten Melling hätte, der den ganzen Laden zusammenhält, könnten wir bald zusperren. Du wirst sehen, dieses Frauenzimmer kostet uns noch das ganze Vermögen.

»Du siehst zu schwarz, Joachim! Sie kann nicht mehr vertun, als sie hat.«

»Dann macht sie eben Schulden. Als Frau des Brauereibesitzers Urban hat sie doch fast unbegrenzten Kredit!«

»Das ist Sache deines Bruders. Wenn er sieht, dass sie ihn in Verlegenheit bringt, wird er ihr den Korb schon höher hängen.«

»Wo sie bloß immer hinfährt?«

»Wohin? In die Stadt natürlich, dort hat sie ihre Freunde.«

»Diese Freunde möchte ich kennen, Mutter! Ich hab manchmal Lust, ihr nachzuspüren.«

»Das lass nur bleiben! Um Gottes willen! Ihr ist es eben hier zu langweilig. Hör nur den Otto! Er hat das größte Mitleid mit ihr.«

»Der Idiot! Aber er verdient es nicht anders. So eine heiratet man nicht. Aber wer weiß, womit sie ihn gezwungen hat. Mich geht es nichts an, solange nicht auch wir beide zu Schaden kommen. Dann freilich – das schwöre ich dir, dann haben sie sich in mir verrechnet. Ich war immer der Tölpel im Haus! Man hat mich mit dreißig Prozent abgefunden. Wenn ich heut gehe, steht morgen der Betrieb still. Keine Angst, Mutter, das wird nicht geschehen, solange du lebst!«

Er stand auf und ging zum Fenster, das dicht angelaufen war.

»Nebel!«, sagte er. »Gut, dass unsere Fahrer schon alle zurück sind! Es gibt wieder Frost und Glatteis.«

Die alte Frau räumte den Tisch ab und beschäftigte sich draußen in der Küche mit dem Abwaschen des Geschirrs. Joachim schaltete das Radio ein, griff nach der Zeitung und ließ sich in einen Sessel fallen.

Das war sein Feierabend.

Die Mutter setzte sich später ebenfalls unter die Lampe und beschäftigte sich mit einer kleinen Handarbeit, womit sie sich ihren Zeitvertreib schaffte. Sie sprachen wenig.

So vergingen die Stunden, bis die Zeit zum Schlafengehen gekommen war. Sie wollten sich gerade zurückziehen, als aus der Stille das Knattern eines Motores von der Bergstraße her näher kam.

»Ist er es?«, fragte sie.

Joachim schüttelte den Kopf. »Das ist ein Motorrad, Mutter.«

»Zu uns?«

»Was weiß ich?« Er stand auf, ging zum Fenster und schob den Vorhang beiseite. Aber es war nichts zu sehen, nur dichter Nebel lag vor dem Fenster.

Das Motorengeräusch war verstummt.

»Hm, das ist aber doch merkwürdig!«, knurrte Joachim.

Da läutete die Hausglocke.

»Das gilt für unten«, sagte er. »Es geht uns nichts an, Mutter.«

Aber es läutete immer wieder und schließlich wurde sogar gerufen.

»Geh und schau, was es gibt!«, sagte die alte Frau und legte ihre Arbeit aus der Hand. »Es weiß nicht jeder, dass wir einen eigenen Eingang haben.«

Joachim ging die Treppe hinunter, sperrte die Tür auf und ging um das Haus. Dicht lag der Nebel und gefror auf den Steinplatten. Ein Licht schimmerte um die Ecke, da kam ihm eine Gestalt entgegen.

»Was ist denn los?«

Es war ein Beamter der Landpolizei, er erkannte jetzt die Uniform des Mannes.

»Wir haben vergeblich versucht anzurufen!«, sagte der Mann.

»Im Betrieb können Sie niemanden erreichen, und das Haustelefon hat mein Bruder, da ist aber augenblicklich niemand da, deshalb …«

Jetzt wurde ihm klar, dass etwas Ungewöhnliches vorgefallen sein muss, wenn schon die Polizei telefonierte und schließlich auch noch ins Haus kam.

»Was gibt es denn?«, fragte er.

»Ein schwerer Unfall wurde gemeldet.«

»Wer?«

»Herr Otto Urban.«

»Mein Bruder? Was ist mit ihm?«

»Sein Wagen wurde auf der Bundesstraße zwölf auf der sogenannten Veitelshöhe völlig zertrümmert aufgefunden. Die Polizei hat festgestellt, dass das Auto in der vereisten Kurve, wahrscheinlich wegen überhöhter Geschwindigkeit, ins Rutschen kam und über die Böschung hinabgeschleudert wurde.«

»Und?«

»Herr Urban wurde aus den Trümmern geborgen und mit lebensgefährlichen Verletzungen ins Krankenhaus von Brugg eingeliefert.«

»Kommen Sie mit, Herr Wachtmeister!«, sagte Joachim und ging, mit hängendem Kopf voran, die Treppe hinauf. Die alte Frau Urban schaute, Böses ahnend, dem Polizisten ins Gesicht, der seine Mütze abnahm und sich über die Stirn wischte, als wäre ihm trotz der Kälte der Schweiß ausgebrochen.

»Der Otto ist verunglückt«, sagte Joachim.

Die Augen der alten weißhaarigen Frau waren starr auf den Polizisten gerichtet, der jetzt seine Meldung wiederholte.

»Ich habe den Auftrag, seine Frau zu verständigen«, fügte er hinzu.

»Seine Frau ist nicht daheim und kann auch nicht erreicht werden, weil wir nicht wissen, wo sie ist«, entgegnete Joachim. »Ich werde mich mit dem Krankenhaus in Verbindung setzen.«

Er gab seiner Mutter einen Wink, der sagen sollte, sie möge dem Mann ein Gläschen einschenken.

Sie tat es mit zitternden Händen.

»Danke!«, sagte der Polizist und leerte das Glas.

»Ich werde mich darum kümmern, Herr Wachtmeister und auch die Frau verständigen, sobald ich sie erreichen kann«, überlegte Joachim.

»Ich bitte darum!«

»Wir wollen wenigstens hoffen, dass er am Leben bleibt.«

Die alte Frau hatte sich im Sessel zurückgesetzt. Sie musste erst fassen, was ihr da berichtet worden war. Ihr Gesicht wurde grau und eingefallen.

»Ich geh gleich zum Telefonieren, Mutter«, sagte Joachim.

Zusammen mit dem Polizisten ging er die Treppe hinunter.

»Ich danke Ihnen für die Benachrichtigung, Herr Wachtmeister!«

»Es wäre mir lieber gewesen, wenn ich es hätte nicht tun brauchen, Herr Urban! So wollen wir halt hoffen, dass nicht das Schlimmste eintritt.«

»Ja, das wollen wir!«

Während das Rotlicht des Motorrades auf der Bergstraße im Nebel verschwand, sperrte Joachim das Büro auf, griff nach dem Telefonbuch und suchte die Nummer des Brugger Krankenhauses.

Die alte Frau wanderte inzwischen voll Unruhe im Zimmer auf und ab. Ihre Lippen bewegten sich lautlos und ihre Gedanken beschäftigten sich bereits mit dem Schlimmsten, das eintreten könnte. Sie fragte sich nur: Warum? Warum?

Es dauerte lange, bis sie in der unheimlichen Stille des Hauses die Tür gehen und den Schritt ihres Sohnes auf der Treppe hörte.

Sie erschrak so sehr, dass ihr das Herz drohte stehen zu bleiben.

Sie musste sich an der Lehne des Sessels festhalten.

Joachims düsteres Gesicht war noch um einen Schatten dunkler, als er zur Tür hereinkam.

»Und?«, fragte die Mutter.

Er schaute sie eine Weile schweigend an. Und da wusste sie es. »Tot?«, fragte sie tonlos. »Sag es nur!«

Er nickte. »Er starb noch während des Transports.«

Dann stellte er sich an ihre Seite, als hätte er Angst, sie könnte zusammenbrechen. Aber sie hielt sich aufrecht. Nur ihr Gesicht fiel noch mehr zusammen.

»Und wir wissen nicht einmal, wo seine Frau ist!«, klagte sie plötzlich.

Er machte eine fahrige Handbewegung, als wollte er ihr das Wort im Mund abschneiden. »Seine Frau!«, entfuhr es ihm verächtlich. »Wann war sie seine Frau? Jetzt auf einmal, weil er tot ist?«

»Pst! Lass das jetzt, Joachim!«, bat sie.

»Entschuldige, Mutter! – Ich werde mit dem nächsten Zug nach Brugg fahren. Sollte sie inzwischen heimkommen, dann sag ihr, dass ich alles regle. Sie kann dann tun, was sie will.«

Die alte Frau sank in ihren Sessel und verschwand fast darin, als würde von ihr plötzlich nicht mehr viel übrig bleiben.

Joachim blätterte im Kursbuch.

»Der erste Zug geht um fünf Uhr früh ab«, sagte er.

Frau Urban erhob sich, ging zum Schrank, kramte schweigend darin und stellte dann den geweihten Wachsstock auf den Tisch, den sie mit zitternder Hand anzündete.

Dann sprach sie mit kräftiger Stimme die Totengebete und Joachim betete mit.

Es gab im Dorf eine große Aufregung, als nach und nach der schreckliche Unglücksfall des Brauereibesitzers bekannt wurde. Man wurde eigentlich erst darauf aufmerksam, als um die Vormittagsstunden vom Turm der Dorfkirche die Totenglocke läutete, nachdem man die alte Frau Urban am Pfarrhaus hatte anklopfen sehen. Man dachte zunächst, dass es vielleicht in der Brauerei zu einem tödlichen Unfall gekommen sein könnte. Erst später sickerte dann durch, dass die Glocke für Otto Urban geläutet hatte, der mit seinem Wagen auf eisglatter Straße verunglückt war.

Dabei hatte er erst vor kaum einem halben Jahr seine Hochzeit gefeiert. Der Schrecken im Dorf war so groß, dass die Nachbarn über die Zäune hinweg sprachen und stundenlang ihre Arbeit liegen ließen.

Bei Hofers erfuhr man erst davon, als am Abend der Knecht von der Molkerei heimkehrte, wohin er die Milch geliefert hatte.

Anna stand am Herd, als eine Magd zu ihr in die Küche kam, um ihr die Schreckensbotschaft des

Knechtes zu überbringen. Es bereitete ihr einen solchen Schock, dass sie ihre Arbeit stehen lassen musste und nur rasch noch die Magd beauftragen konnte, das Essen fertig zu kochen und den Leuten aufzutragen. Sie flüchtete sich in die Stube, um sich allein mit diesem furchtbaren Ereignis zu beschäftigen. Es war nicht der Tod dieses jungen Menschen selbst, der sie furchtbar erschreckt hatte; denn sie war Otto Urban nie nahe gestanden, im Gegenteil, sie hatte ihn oft genug wegen seiner überheblichen, spöttischen Art in ihren Gedanken abgelehnt. Sie hatte ernstlich davor gebangt, er könnte eines Tages Einfluss auf ihren Bruder gewinnen, ihm seine Freundschaft antragen und ihn mitziehen auf seine Wege, auf denen ein rechtschaffener, zielstrebiger Mensch nichts verloren hatte. Sie hatte die Gefahr erkannt, die an jenem Hochzeitstag so nahe an ihnen vorbeigezogen war.

In ihre Gedankengänge hatte sich ebenfalls der Wunsch eingeschlichen, es möchte doch etwas geschehen, damit diese Freundschaft gar nicht erst entstehen konnte. Natürlich hatte sie nicht gewollt, dass es auf diese Art geschehe.

Sie war ein kleines Mädchen gewesen und ihre großen Brüder hatten noch gelebt. Am Abend, bevor das Licht gemacht wurde, waren sie um den Tisch gesessen, und der Vater hatte vom bösen Wunsch erzählt:

Ein reicher lediger Bauer hatte eine junge Magd, die sehr schön, aber arm war. Er liebte sie und wollte sie zu seiner Frau machen. Der Hochzeitstag war schon bestimmt, aber da fiel dem Bauern eine andere Braut ein, die sehr reich war und deren Vater großen Einfluss hatte. So ließ der Bauer die Magd stehen und verlobte sich mit der reichen Bürgerstochter. Die junge Magd verließ sein Haus und kehrte heim zu ihrer Mutter, die ein kleines, altes Häuschen oben am Berg bewohnte. Am Vortag der großen Bauernhochzeit wurde unten auf dem Hof der Polterabend gefeiert, der bis in die späte Nacht hinein andauerte. Das betrogene Mädchen trat oben auf dem Berg vor die Hütte und schaute auf den Hof hinab. Es hörte das Lachen und Johlen der Hochzeitsgesellschaft durch die Stille der Nacht bis auf den Berg hinauf. Am klaren Himmel zogen die Sternschnuppen ihre Bogen und das Mädchen sagte: »Möchte doch eine davon unten auf dem Hof zünden!« Und in dieser Nacht brannte wirklich der Hof des Bauern nieder. Er kam durch Rauchvergiftung um, weil er zu lange im brennenden Haus blieb, um seine Barschaft zu retten. Soviel man auch suchte, der Brandstifter wurde nie gefunden. Man ergriff die Magd, sie musste aber wieder freigelassen werden, denn die Mutter war mit ihr am Berg gestanden, als das Feuer ausbrach. Sie hatte nur den bösen Wunsch der Tochter gehört, aber sie verschwieg ihn.

An diese Geschichte musste Anna jetzt denken. Warum nur?

Um Gottes willen! Nein, nein! Sie konnte und durfte nicht wollen, dass Otto Urban einen solch unglücklichen Tod erlitten hatte. Sie dachte an seine alte Mutter, an das Geschäft, an Joachim – und auch an die junge Frau, deren Ehe von so kurzer Dauer gewesen war.

Sie dachte an ihren Bruder, und wie sehr er wohl erschrecken würde, wenn sie ihm davon Mitteilung machte.

Erst später beruhigte sie sich wieder.

Otto Urban wurde überführt und an der Seite seines Vaters mit großen Trauerfeierlichkeiten beerdigt. Joachim und seine Mutter standen am Grab. Die alte, weißhaarige Frau wurde von ihrem Sohn gestützt. Aber sie trug tapfer ihr Leid. Daneben stand die junge Witwe. Von ihrem Gesicht war kaum etwas zu sehen, denn ein so dichter Schleier hing davor. Ein paar Mal schob sie ihre Hand darunter und führte ein weißes Taschentuch an die Augen, um die Tränen fortzuwischen. Sie machte in ihrem modern geschnittenen schwarzen Kostüm einen eleganten Eindruck. Manche von den zahlreichen Trauergästen hatten aufrichtiges Mitleid mit dieser jungen Frau, die ihr Leben mit ihrem Mann kaum begonnen hatte. Andere wieder waren der Meinung, dass sie sich doch nur zur Schau stellte.

An diesem Abend noch setzte sich Anna hin und schrieb an ihren Bruder. Sie teilte ihm mit, was geschehen war.

12

Alexander Hofer bekam den Brief seiner Schwester in dem Augenblick, als er sich mit dem Freund gerade zur Abreise zum Schwaigerhof fertig machte. Es war Wochenende und für den Sonntag nahmen sie Abschied von ihrer Bude. Der ältere Bruder von Ludwig wartete bereits mit dem Wagen auf der Straße. Sie räumten nur noch schnell das Zimmer auf.

Da wurde ihm der Brief gebracht. Er besah nur in Eile Aufschrift und Absender.

»Von meiner Schwester«, sagte er und steckte den Brief in die Tasche. Es war jetzt keine Zeit zum Lesen.

Sie wurden auf dem Schwaigerhof erwartet, vom Bauern, von der Bäuerin und natürlich von Afra.

Man konnte meinen, das Mädchen hätte sich extra schön gemacht. Für Alexander wurde es immer deutlicher, dass sie ihn wirklich liebte. Und ihm erging es ebenso. Er hätte ohne weiteres beschwören können, dass keine andere mehr seine Frau werden könnte als die Afra. Er wagte es nur noch nicht zu sagen.

Er merkte, dass auch ihre Eltern ihn gern in ihrer Mitte sahen, sie hatten ihn als Freund ihres Sohnes Ludwig aufgenommen.

Sie würden wohl zutiefst erschrecken, wenn sie plötzlich erkennen müssten, dass er nur wegen Afra von St. Ottilien herüber kam. Vielleicht würden sie ihn sogar höflich, aber entschieden aus dem Haus weisen, dessen Gastlichkeit er auf eine solche Weise missbrauchte.

Nein, es war schon besser so, wenn sie noch nichts wussten und sich keinerlei Gedanken machten, wenn er am Abend die Afra ins Dorf begleitete, wo sie gewöhnlich noch einige Einkäufe für den Sonntag machten.

Im flachen Land war der Frühling schon weiter fortgeschritten. Nur in den tieferen Mulden leuchteten hier und dort noch einzelne Schneereste auf. Sonst sah man überall auf den Wiesen schon das erste Grün sprießen. Am Rand des Waldes, an dem sie entlang gingen, blühten bereits die Schlüsselblumen.

An dieser Stelle gab es neben einem Feldkreuz eine kleine Bank, von wo aus man auf den Lech und das Dorf hinabschauen konnte.

Als sie auf dem Heimweg, als es schon zu dunkeln anfing, daran vorbeikamen, setzte Afra sich nieder und stellte den Korb neben sich, als hätte sie es nötig, ein wenig Rast zu halten. Die Luft war frisch und rötete ihr Gesicht. Als die Sonne untergegangen war, stieg von den feuchten Wiesengründen ein dünner Dunst auf und kroch kniehoch über die Erde. Das Licht des Himmels spiegelte sich brandrot im breiten Fluss.

Er ließ sich an ihrer Seite nieder und dann schauten sie schweigend in das stille Land.

»Wie schön es hier ist!«, sagte er.

»Bei euch daheim ist es noch schöner«, meinte sie. »Ihr habt das Gebirge so nah, dann die grünen Hügel, die vielen Wälder. Hier ist alles so eben.«

»Würde es dir gefallen bei uns auf dem Hof?«

»Doch.«

»Das freut mich, Afra! Wenn du einmal Bäuerin auf unserem Hof bist, weiß ich wenigstens, dass du unser Land liebst. Manchmal meine ich, ich müsste es endlich deinen Eltern sagen. Aber dann fürchte ich, sie könnten mich für einen lockeren Vogel halten, den man besser aus dem Haus weist.«

Sie lächelte geheimnisvoll. »Wenn sie es aber schon wissen?«

»Was wissen?«

»Dass wir beide uns gern haben.«

Er drehte sich heftig zu ihr herum. »Das gibt es nicht, Afra! Sonst würden sie nicht zulassen, dass ich dich am Abend ins Dorf begleite und dass du uns auf dem Hof besuchst!«

»Und doch ist es so. Ich habe es ihnen selbst gesagt, als wir das letzte Mal von euch kamen.« Da blieb ihm der Mund offen stehen. »Du? Und?«

»Der Vater sagt: ›Es ist gut. Er ist ein Hofer und wird dich nicht unglücklich machen. Seid ihr euch in drei Jahren noch einig, soll es mich freuen.‹ «

»Das hat dein Vater gesagt? Er sagt dasselbe wie meine Schwester. Siehst du nun, Afra, wie klug meine Schwester denkt. Akurat so wie eine Mutter! Aber es wird in drei Jahren noch genauso sein mit uns wie heut, nicht wahr, meine süße Afra? Wenn ich nicht durch deinen Bruder in Euer Haus gekommen wäre, hätte ich dich auf eine andere Weise irgendwo und irgendwann gefunden. Warum? Weil wir zusammengehören! Und das schwöre ich dir –«

Sie drückte ihre Hand auf seinen Mund.

»Nicht schwören, Alexander! Das ist ein so hässliches Wort, wenn man glücklich ist. Schwören sollen die vor Gericht, damit man sieht, dass sie die Wahrheit sprechen. Wir glauben und vertrauen uns auch so. Wir spüren, was in uns vorgeht.«

Da riss er Afra an sich und küsste sie so stürmisch auf den Mund, dass sie an seiner Heftigkeit fast erschrak. Aber es gehörte ganz zu seinem Temperament, dass er so küsste. Es machte sie glücklich.

Sie spürten den Nebel, der jetzt an ihnen heraufkroch.

Afra wurde plötzlich von einem Frösteln geschüttelt.

Da griff er nach dem Korb. »Es wird frisch. Wir müssen gehen, Afra!«

Bis es Zeit zum Schlafengehen war, saßen sie alle noch in der großen Bauernstube unter der Lampe beisammen. Es gab immer wieder etwas zu erzählen, zu plaudern, zu fragen und zu antworten. Der Bauer wollte hören, wie es zugegangen sei, als Alexander dem kleinen Buben das Leben gerettet hatte, wofür er dann die Urkunde und die Medaille erhalten hatte. Ohne große Worte erzählte der junge Hofer den Vorgang und sah alle Augen gespannt auf sich gerichtet. Auch Afras Augen, und er meinte, dass sie ihn besonders stolz anblickten, fast ebenso, wie Anna damals ausgeschaut hatte, als sie im Landratsamt waren.

Man kam auf Anna zu sprechen und der Bauer konnte sich nicht genug wundern, dass sie, damals eine junge Frau von erst fünfundzwanzig Jahren, den großen Hof zu führen vermochte, ohne dass etwas darunter litt.

»Man sagt, ein Hof ohne Bauer ist wie eine Scheune ohne Dach, auch wenn die Bäuerin noch so tüchtig sein mag.«

»Meine Schwester ist nicht nur eine Bäuerin, sondern auch ein Bauer!«, lachte Alexander nicht ohne Stolz. »Und was für ein Bauer!«

»Ich weiß – sollte mich einmal der Weg in die Nähe eures Hofes führen, hätte ich fast Lust, dort einen Besuch zu machen.«

»Darüber würden wir uns gewiss sehr freuen, Bauer!«

Ludwig stieß den Freund in die Seite. »Hast du überhaupt den Brief deiner Schwester schon gelesen?«

Alexander stieg die Verlegenheitsröte ins Gesicht. Er hatte es in der Tat vergessen und griff in seine Rocktasche. Aber er rechnete damit, dass es nur wieder einer der üblichen Briefe war, in denen sie ihm jeweils mitteilte, wie es daheim zuging und was sie gerade taten. Zum Schluss kamen noch die unentbehrlichen Ermahnungen zu eifrigem Lernen, weil es ja das letzte Jahr sei und das Zeugnis nicht mehr verbessert werden könnte.

Trotzdem entschuldigte er sich bei den Umsitzenden, öffnete den Umschlag und überflog den Brief.

Wer ihn jedoch dabei beobachtete, konnte bemerken, dass dieser Brief ihm ein gewisses Erschrecken bereitete; denn sein Gesicht spannte sich, sein Blick wurde düster, als wechselten die Augen die Farbe. Noch einmal las er den Brief, ließ dann die Hand sinken und schaute schweigend vor sich hin.

Da wussten sie, dass etwas geschehen war.

»Das ist doch furchtbar!«, flüsterte er.

»Es ist doch nicht etwas daheim?«, fragte jemand.

Alexander verneinte und dann erzählte er, was seine Schwester geschrieben hatte: Otto Urban, der ältere Sohn von der Brauerei, sei bei einem Autounfall tödlich verunglückt. Das ginge ihm deshalb nahe, weil zwischen der Brauerei und den Hofers immer eine gute Freundschaft gewesen sei. Sein Vater habe in seinem Testament den alten Urban sogar zu seinem Vormund bestellt.

Nach dem Tod des alten Brauereibesitzers habe sein Sohn Otto die Geschäftsführung übernommen. Erst vor einem knappen halben Jahr sei die Hochzeit gewesen.

Afra und Ludwig konnten sich sofort daran erinnern, dass damals, als sie bei den Hofers zu Besuch waren, die Rede davon gewesen war.

»Ach, die arme Frau!«, jammerte Afra. »Dann hat ihr Glück nicht lange gedauert!«

»Das kann man wohl sagen«, erwiderte Alexander noch ganz in Gedanken. »Es mag nicht sehr einfach für sie gewesen sein – und was noch alles über sie kommen wird!«

Und nun schilderte er der aufmerksam zuhörenden Familie die Verhältnisse, die im Haus Urban herrschten. Er selbst habe das alles von seiner Schwester Anna erklärt bekommen, die den Fehler darin sah, dass der alte Brauereibesitzer zwischen seinen beiden Söhnen einen unglücklichen Unterschied gemacht habe. Während er den älteren Otto, den er für den klügeren, tüchtigeren und fähigeren Nachkommen hielt, mit einer Affenliebe aufgezogen hatte, hatte er den jüngeren Joachim von sich geschoben und ihn bis zu seinem Tod fühlen lassen, wie wenig Freude er an ihm hatte. Dadurch sei dieser Joachim verbittert geworden und es sei zwischen den Brüdern zu Spannungen gekommen, die einen Bruch befürchten ließen. Während Otto den Brauereibesitzer und versierten Weltmann spielte, war Joachim daheim nur das Arbeitstier gewesen, ohne dass jemand anerkennen wollte, dass gerade durch seinen Fleiß und sein Geschick das Geschäft diesen Aufschwung erfuhr. Nun sei noch eine alte Mutter da, die freilich den Ausgleich schaffen wollte, aber sie hatte in Geschäftsdingen nichts zu sagen. Und jetzt sei dieser Otto plötzlich aus dem Leben gerissen worden. Zurück blieben eine junge Witwe, eine alte Mutter und sein Bruder Joachim. Man dürfe nun wohl sehr darauf gespannt sein, wie die Dinge weitergingen.

»Wem gehört die Brauerei?«, fragte der Bauer.

»Der Besitzer war Otto Urban, Joachim soll nur mit dreißig Prozent Gewinnausschüttung beteiligt gewesen sein.«

»Die Erbin ist wohl seine Frau«, meinte der Bauer.

»Das wird sich der Joachim nicht gefallen lassen.«

»Dann muss er prozessieren.«

»Was wird dabei herauskommen?«, zweifelte Alexander.

»Unkosten und obendrein eine Todfeindschaft«, sagte der Bauer. »Wenn beide klug sind, werden sie sich verständigen, noch besser wäre es, wenn sie zueinander Zuneigung fänden und schließlich heiraten würden. Dann fiele alles in einen Topf zurück.«

Jetzt musste zur Verwunderung aller Umsitzenden Alexander laut lachen.

»Das wäre zu vergleichen mit einer Gazelle und einem Ochsen, die man zusammen vor einen Wagen spannt! Ottos Frau ist nämlich eine Dame von Welt, modern und elegant. Joachim Urban ist dagegen ein Mann von gewöhnlichstem Aussehen, wofür er freilich nichts kann. Sein abstehendes rotes Haar, sein derbes Gesicht, die breite, gedrungene Boxergestalt mag er von irgendeinem Vorfahren geerbt haben, der in grauer Vorzeit das Land bearbeitet hat. Meine Schwester sagt, dass er zeitlebens darunter gelitten habe, vor allem durch seinen eigenen Vater.«

»Da hat deine Schwester vollkommen Recht«, bestätigte der Bauer. »Wenn das so ist, kann man diesen Joachim nur bedauern. Was aber ist mit der jungen Frau? Ist sie überhaupt in der Lage, ein Geschäft zu führen?«

»Das weiß ich nicht. Ich kenne sie nicht näher.«

»Eine Anna Hofer ist sie jedenfalls nicht! Auf deine Schwester kannst du stolz sein!«

»Ja, das bin ich.«

Aber in der Nacht, als Ludwig durch seine Schnarchtöne ankündigte, dass er längst tief eingeschlafen war, lag Alexander noch lange wach und ließ sich den Brief seiner Schwester durch den Kopf gehen. Mit keinem Wort hatte sie die junge Witwe erwähnt, mit keinem Bedauern ihrer gedacht, als hätte sie kein Gefühl für das Leid eines anderen Menschen. War das seine Schwester Anna?

Wer war diese Sibylle Urban?

Lebhaft erinnerte er sich an jenen Hochzeitstag, an den Augenblick, in dem sie plötzlich vor ihm gestanden hatte, um ihn zum Tanz aufzufordern. Er sah wieder ihr junges Gesicht mit den lachenden, strahlenden Augen, als sie den Tanz aufführten. Zum Spaß und Vergnügen der Zuschauer, aber zum Verdruss und Ärger seiner allzu pedantischen Schwester.

Er hatte sich damals schon gefragt, warum sie gerade ihn, den sie ja gar nicht kannte, zu diesem Tanz geholt hatte. Und dasselbe fragte er sich heute wieder.

Wer hätte damals erwartet, dass sie nach so kurzer Zeit Witwe sein würde?

Er wälzte sich in seinem Bett und wollte sich frei machen von diesen Gedanken. Was gingen ihn diese Frau und die Brauerei an?

Hatte er heute nicht die größte Freude erlebt, als Afra ihm gestand, dass sie bereits die Eltern in ihr Geheimnis eingeweiht hätte! Man schenkte ihm das Vertrauen! Man duldete ihre junge Liebschaft, weil die Eltern ihre Tochter kannten – und weil er ein Hofer war, wie seine Schwester Anna, die als junge Frau schon den Hof geführt hatte.

Auch Anna schenkte ihnen das Vertrauen. Sie freuten sich alle an ihrer jungen Liebe.

Die kleine, süße Afra! Wie liebte er sie!

Mit diesem schönen Gedanken schlief er endlich ein und nahm ihn mit hinüber in seine Träume.

13

Da Otto Urban bei seinem Tod kein Testament hinterließ – wer hätte auch denken mögen, dass ein solches nach wenigen Monaten seit seiner Eheschließung schon erforderlich sein könnte – trat die gesetzliche Erbfolge in Kraft, die keineswegs zu einer friedlichen Gestaltung der Verhältnisse beitrug. Einerseits sagte sich Joachim, auf dem nun alle Arbeit und Verantwortung des Geschäftsbetriebes lastete, dass er nicht einsehen konnte, warum diese Sibylle für nichts und wieder nichts ein wahres Vermögen einstecken sollte, nur weil sie wenige Monate mit seinem Bruder verheiratet gewesen war. Andererseits aber hielt Sibylle es für ganz selbstverständlich, dass sie als rechtmäßig angetraute Ehefrau des verstorbenen Brauereibesitzers in den Genuss seiner Hinterlassenschaft kam. Sie sah keine Veranlassung, wieder mit nichts aus diesem Haus zu gehen, wie sie gekommen war. Sie ging überhaupt nicht.

Zunächst spielte sich dieser Meinungsstreit ohne äußere Anzeichen ab. Er war nur zu spüren. Vielleicht fanden es beide unter ihrer Würde, gleich nach dem Trauerfall zum offenen Kampf um ihre Rechte einander herauszufordern. Außerdem war die alte Mutter da, deren Anwesenheit den Ausbruch von offenen Feindschaften verhinderte.

So ging zunächst alles weiter wie bisher. Der Betrieb lief auf vollen Touren. Im Büro saß der alte Melling über den Konten und machte die Bilanzen.

Nach ein paar Wochen verreiste Sibylle. Angeblich hatte der furchtbare Schicksalsschlag ihr gesundheitlich so schwer zugesetzt, dass sie einige Zeit Erholung benötigte. Der Arzt hatte ihr zu einer Kur in einem Sanatorium geraten.

Kurz bevor sie in ihrem Wagen und mit ein paar voll gepackten Reisekoffern wegfuhr, verständigte sie die Mutter.

Als Joachim davon erfuhr, hatte er nur ein geringschätziges, hämisches Lächeln dafür. Am folgenden Tag fuhr er weg und suchte seinen Anwalt auf, um sich mit ihm zu beraten.

Es gab in diesem Jahr einen heißen, trockenen Sommer, der Bierkonsum stieg. Jeden Morgen rollten die schwer beladenen Wagen von der Brauerei weg über Land.

Die Bauern hatten eine rasche und gute Ernte. Nur das Heu blieb etwas zurück, weil die Wiesen zu trocken waren.

Wenn die Nacht kam und die Luft unter dem klaren Sternenhimmel sich angenehm abkühlte, setzte Joachim sich auf den Balkon und schaute hinab auf den Park, der das Haus umgab. Dicht standen die Bäume und die Sträucher wucherten bis über die Einfriedungsmauern hinaus.

»Es wäre nötig, dass da wieder einmal Ordnung geschafft würde«, sagte er zu seiner Mutter, die neben ihm saß. »Der Park verkommt.«

Aber der Park war zum Eigentum seines Bruders geworden. Heute gehörte er seiner Frau, die jedoch keinen besonderen Wert darauf zu legen schien.

»Sie sollte wenigstens einen Gärtner bestellen!«, knurrte er.

Und dann sahen sie plötzlich aus der unteren Wohnung einen Lichtschein in den dunklen Park fallen.

»Ist sie dann da?«, wunderte sich die Mutter.

»Es scheint so.«

»Man hat aber nichts gehört!«

Joachim stand auf. »Das werden wir gleich wissen«, sagte er. »Ich muss sowieso mit ihr reden.«

»Fang keinen Streit an, Joachim!«, bat sie.

Er winkte nur ab, als wollte er sagen: »Lass das meine Angelegenheit sein!«

Die junge Frau hatte das Fenster ihres Wohnzimmers aufgerissen. Frisch und kühl drang die Nachtluft ein. Auf dem Boden standen noch die beiden gepackten Koffer. Sie hatte sich ihres schwarzen Kleides entledigt und einen leichten, dünnen Schlafrock angezogen, nachdem sie ein erfrischendes Bad genommen hatte. Trotzdem ließen sich in ihrem schmalen, bleichen Gesicht die Spuren von Strapazen nicht ganz verwischen. Oder rührten sie gar von durchwachten Nächten her?

Das Gesicht war jetzt ohne Schminke und Tusche, es zeigte sich in seinen natürlichen und unverfälschten Zügen.

So saß sie am Fenster und las ein paar Briefe, die während ihrer Abwesenheit eingetroffen waren.

Sie erschrak bis ins Mark, als plötzlich die Türglocke läutete. Sie schnürte den Schlafrock enger und ging hinaus, um zu öffnen.

Als Joachim sie in dieser ungewohnten Erscheinung sah, war er ein wenig betroffen und geriet in Verlegenheit.

»Du bist es?«, sagte sie mit erstaunten Augen und trat einen Schritt zurück.

»Wir haben eben gerade erst bemerkt, dass du zurückgekommen bist. Ich wollte mit dir etwas besprechen, aber wenn du schon schlafen gehen willst ...«

»Nein, ich habe mich nur etwas frei gemacht, es ist eine entsetzliche Hitze. Bitte, komm herein!«

Er folgte ihr ins Wohnzimmer.

»Nimm Platz!«, forderte sie ihn auf.

Sie räumte die Briefe weg und lehnte die Fenster etwas an, um den Vorhang zuziehen zu können.

Er setzte sich. »Wie geht's?«

Sie antwortete nur mit einem Seufzer und machte eine müde Handbewegung. Dann schaute sie ihn entschlossen an.

»Was hast du mit mir zu besprechen?«

Er druckste ein wenig herum, ehe er begann. »Es kann ja sein, dass du morgen zu einem anderen Tor hinausfährst, und wir kommen ewig nicht zum

Reden. Zuerst hat man dazu keine Stimmung und will erst einige Zeit verstreichen lassen, aber es lässt sich nicht ewig aufschieben. Nebenbei, weil es mir gerade einfällt: Was soll aus dem Park werden? Wenn niemand etwas daran tut, wird er bald zu einem Urwald werden.«

»Man muss einen Gärtner bestellen«, antwortete sie.

»Legst du überhaupt Wert darauf? Sonst kümmere ich mich darum.«

»So viel ich weiß, gehört der Park zu meiner Wohnung.«

»Bitte, ich nehme ihn dir nicht weg. Sorg also dafür, dass er in Ordnung kommt!«

Man merkte an der zunehmenden Schärfe der Worte, dass sie die gegenseitige Feindseligkeit spürten und sich auf den ersten Angriff eingestellt hatten.

»Und weiter?«, fragte sie.

»Wie denkst du dir, dass es nun weitergehen soll?« Sein Blick kam von unten her und seine Stirn war in Falten gelegt.

»Ich denke, so wie bisher.«

»Dass du hier die Herrin und Dame spielst, die tun und lassen kann, was sie will? Du glaubst wohl, das Geld fällt dir nur so zu, ohne dass du einen Finger zu rühren brauchst?«

Das war die derbe und grobe Sprache, die von ihm zu erwarten war. Sie war davon nicht überrascht und gab ihm in demselben Ton zurück:

»Du scheinst immer noch nicht wahrhaben zu wollen, dass ich die Frau deines Bruders war, der als

Besitzer der Brauerei hier bestimmt und befohlen hat. Mein Mann ist tot, und ich, als seine Frau, habe sein Erbe angetreten.«

»Und ich mache dir den Trottel!«

»Wenn es dir nicht mehr gefällt, brauchst du nur zu gehen. Dann kommt eben ein Geschäftsführer her«, sagte sie schnippisch.

Jetzt war er auf den Beinen und schaute mit böser, spöttischer Miene auf sie nieder. »Ich weiß, das würde dir so passen, aber ich tu dir diesen Gefallen nicht! Ich bin hier geboren und bleibe hier! Außerdem ist noch meine Mutter da. Was du zu beanspruchen hast, ist die Hälfte des Erbteils, das mein Bruder laut Testament zu beanspruchen hatte, macht also fünfunddreißig Prozent. Aber auch dieses Erbe verweigere ich dir, solange du nichts anderes tust als herumzuflanieren! Ich habe dem Buchhalter Anweisung gegeben, dir vorschussweise und zur späteren Verrechnung einen bestimmten monatlichen Betrag auszuzahlen, womit du sogar ein fürstliches Auskommen hast, bis du wieder heiratest. Sollte das nicht genügen, kannst du prozessieren. Ich verzichte auf deine Mitarbeit, denn ich bezweifle sehr, dass du überhaupt dazu in der Lage bist. Die Arbeit, die du gelernt hast, gibt es bei uns nicht.«

Sie war schneeweiß geworden, um die Augen breiteten sich dunkle Schatten aus. Ihre schlanken Hände, die erregt mit dem Aufschlag ihres dünnen Morgenrockes spielten, zitterten, und ihre Brust wogte heftig atmend auf und nieder. Sie war im Augenblick nicht fähig, etwas zu sagen.

»Bist du denn ein Barbar?«, stieß sie nach einer Weile hervor.

»Ich bin für klare Verhältnisse. Wir haben beide darauf gewartet, dass es zu einer solchen Klarstellung kommt, deshalb hast du dich aus dem Staub gemacht. Ich sehe nicht ein, warum wir dieser Entscheidung ausweichen sollen, die unumgänglich ist.«

Jetzt sprang sie auf und schaute ihn hasserfüllt an. »Gut – ich wollte es vermeiden, schon wegen der Mutter, aber nachdem du die Feindseligkeit heraufbeschworen hast, bleibt mir nichts anderes übrig, als mich zur Wehr zu setzen. Ich bleibe, wo ich bin! Du wartest vergeblich darauf, dass ich mich verheirate! Wenn du den Prozess willst, sollst du ihn haben, und wenn es jahrelang dauern sollte, bis ich mein Recht erlange und dich aus dem Haus jagen kann!«

»Nimm deinen Mund nicht so voll, Schwägerin; es lässt sich nicht so einfach sagen, wer wen aus dem Haus jagen wird. Vorläufig betrachte ich die Brauerei als das Eigentum meiner Mutter und als ihr Sohn mich selbst als Erben. Die Abfindung, die dir gesetzlich zusteht, wird dir nicht verweigert.«

»Ich bitte dich, geh jetzt!«

Joachim ging.

Damit war der Erbschaftsstreit in der Brauerei ausgebrochen, der einen langen Prozess zur Folge hatte, mit dem eine Unsumme Geld verschleudert wurde. Nach außen war nichts davon zu bemerken; denn es gab zwischen den Parteien keinen Wortwechsel mehr. Der Betrieb lief unverändert weiter und Joachim hatte ihn in sicherer Hand. Sibylle spielte weiterhin die Herrin, lebte zurückgezogen in ihrem Hausanteil, wenn sie nicht gerade auf ein paar Wochen verreist war oder sonstige Fahrten in die Stadt unternahm. Sie hatte den Park in Ordnung bringen und eine hübsche Laube errichten lassen, in der sie sich an den Sommerabenden, wenn sie daheim war, mit Vorliebe aufhielt. Dann sah man oft bis in die Nacht hinein das Licht durch das dichte Laubwerk schimmern.

Ob sie aber mit ihrem Müßiggang und flotten Leben bei den Leuten im Dorf gerade Lob und Anerkennung erntete, das war eine andere Frage. Es gab in Ruhbach fast nur Bauern, die das ganze Jahr über schwere Arbeit taten. Sie sahen sich dadurch geradezu ins Gesicht geschlagen. Wo gab es denn das, dass ein so junges Frauenzimmer zum Ärger des ganzen Dorfes in die Tage hinein faulenzte und nur dem Vergnügen nachging? Das konnte nicht einmal ein Brauereigeschäft vertragen!

Aber was kümmerte sich die junge Frau um die Meinung ihrer Mitbürger? Man sah sie nie im Dorf, höchstens dann, wenn sie mit ihrem Wagen, ebenfalls wieder zum Verdruss der Menschen, an den Häusern vorbeisauste. Man sah sie nie in der Kirche. Sie war also schon die, für die man sie von Anfang an gehalten hatte, nämlich eine gefährliche Pflanze, die man besser stehen ließ. Sie konnte den Trauerschleier am Beerdigungstag ihres tödlich verunglückten Mannes noch so schwarz und dicht getragen haben, die Trauer hielt nicht lange an. Man erinnerte sich an ihren Hochzeitstag und den ausgelassenen Tanz, den sie mit dem jungen Hofer aufgeführt hatte. Damals hätte man schon erkennen müssen, was sie für eine war. Gut, dass der alte Urban das alles nicht mehr erleben musste.

Die Brauerei lag abseits vom Dorf, man wusste nicht, wie sich das Zusammenleben der Menschen dort gestaltete. Joachim hätte sich lieber die Zunge abgebissen, als ein Wort darüber verlauten zu lassen.

Man sah täglich die Bierfuhren auf den Straßen. Das Geschäft ging unverändert weiter. Die Leute gewöhnten sich daran, außerdem hatte jeder seine eigenen Sorgen.

Sie würden sich mit der Zeit oben in der Brauerei schon auseinander- oder zusammenstreiten.

Das war auch die Meinung von Anna Hofer. Auch sie hatte ihre eigenen Sorgen. Alexander war in den Sommerferien wieder daheim gewesen. Er hatte sich zu einem prächtigen jungen Mann entwickelt, in dem man alles vereinigt sah, was man an einem Menschen zumeist schätzte, Klugheit, Festigkeit und Kraft. Aber sie erkannte auch, dass er sich selbst sehr hoch einzuschätzen begann. Gewiss, er konnte und durfte stolz auf sich sein; denn sowohl an körperlichen als auch an geistigen Fähigkeiten überragte er seine Mitschüler und Altersgenossen haushoch. Anna hatte sich das selbst zum Ziel gesteckt: Er sollte zu einem Hofer werden, der in seiner Umgebung eine führende und beispielgebende Rolle spielte, so wie einstmals sein Vater. Das schien sie mit ihm erreicht zu haben.

Aber trug er nicht auf einmal den Kopf zu hoch? Wenn sie über dieses oder jenes Problem oder Zeitgeschehen ihre Meinung äußerte, konnte er manchmal geringschätzig, ja sogar mitleidig über ihre Einfalt lächeln, als hätte sie nicht alles getan, um das Beste für ihn herauszuholen. Wenn er dann merkte, dass sie mit ihm unzufrieden war, dann kam er mit einem frischen Bubenlachen auf sie zu und nahm ihren Kopf in seine Hände.

»Nein, Anna, so war es nicht gemeint! Ich weiß genau, dass du klüger und tüchtiger bist als ich! Glaubst du, dass ich jemals vergessen könnte, was du für mich und für den Hof getan hast? Ich werde dich immer bewundern! Eine solche Bäuerin wie die Hoferin, die gibt es nur einmal!«

Nach den Ferien ging es in die Prüfungen.

Alexander Hofer wurde gerade in diesen Tagen einundzwanzig Jahre alt, also volljährig.

Anna schrieb ihm dazu einen langen Brief. Sie hatte damit zwei Abende Arbeit. Die Feier wollten sie nachholen, sobald er heimkäme, schrieb sie.

Auf den Feldern wurde die Erde umgebrochen, von den Bäumen fiel das Laub. Noch zog das Vieh jeden Morgen zur Weide und die Hirtenfeuer rauchten.

Es war Herbst geworden.

Noch einmal bestellte Anna ein Taxi, mit dem sie ihren Bruder von der Bahn abholte. Es war das letzte Mal, dass er von der Schule heimkehrte.

Wie immer, so durcheilte er auch heute das ganze Haus, nachdem sie angekommen waren. Er ging durch die Scheune und Stallungen, begrüßte die Dienstboten und musterte den stattlichen, gesunden Viehstand.

»O, Anna, wie freu ich mich! Jetzt bringt mich kein Rossgespann mehr von hier fort!«, rief er. »Endlich bin ich daheim!«

Er räumte seinen schweren Koffer aus, aus dem allerlei zum Vorschein kam, gebrauchte und frische Wäsche, Bücher, Zeitschriften und mancherlei Kram. Seine Zeugnisse holte er aus seiner Brieftasche und legte sie ihr stolz vor. Es waren glänzende Beurteilungen. Sie hatte nichts anderes erwartet.

Als sie in die Küche ging, um sich um das Abendessen zu kümmern, kam er ihr nach und stand bei ihr am Herd, immer fragend und erzählend. Zu Weihnachten hatte er wieder das Geschwisterpaar aus dem Schwabenland eingeladen.

»Sie werden bestimmt kommen, Anna! Du hast doch nichts dagegen?«

»Nein, ich freue mich sogar darauf.«

»Ich hab ein neues Bild von der Afra. Sie trägt jetzt ihr Haar wie du, hochgesteckt. Es steht ihr gut, und sie sieht damit lange nicht mehr so kindlich aus.«

Anna schürte das Feuer und setzte die große Pfanne in die Ringe. Das Fett darin zischte.

»Was hört man denn von der Brauerei?«, fragte er plötzlich.

»Wenig.«

»Geht doch alles in Ordnung? Was macht die junge Witwe?«

»Da fragst du mich zu viel, Alexander«, antwortete sie. Sie sah ihn erstaunt an.

»Sie wird wahrscheinlich bald wieder heiraten müssen!«

»Wieso?«

»Ich meine wegen des Geschäftes.«

»Das macht der Joachim.«

»Und die Frau?«

»Spielt die Dame, fährt spazieren und macht sich ein schönes Leben.«

»Hat sie große Trauer?«

»Die? Die Leute sagen, sie hätte ihren Mann bereits vergessen. Was kümmert das uns? Ich bedaure nur die alte Mutter. Manchmal sehe ich sie am Sonntag in der Kirche. Man meint, sie sei um zehn Jahre gealtert.«

Spät am Abend, als es im Haus bereits still geworden war, merkte Alexander, dass seine Schwester noch etwas ganz Besonderes vorhatte. Sie deckte den Tisch, stellte ein paar Gläser darauf und brachte eine Flasche Wein.

»Was soll das bedeuten, Anna?«, fragte er verwundert.

»Wir wollen deinen Geburtstag feiern, Alexander.«

»Ach!«

»Du bist einundzwanzig geworden, das hat für uns eine ganz andere Bedeutung!«

»Was denn schon?«

»Du bist jetzt der Bauer!«

»Anna! Was redest du da?«

»Der Vater wollte es so – und ich will es auch.«

»Was bin ich ohne dich? Nur ein dummer Bub! Könnte ich erwarten, dass die Dienstboten mir den gleichen Respekt entgegenbringen wie dir, die du auf unserem Hof alles in fester Hand hältst. Nein, Anna! Es darf sich nichts ändern, wenigstens so lange nicht, bis ich geheiratet habe! Das siehst du doch wohl ein. Ich werde dich genauso, wie die anderen es tun, immer um Rat fragen.

Sie schenkte die Gläser voll, reichte ihm eines davon und stieß mit ihm an.

»Wärst du an deinem Geburtstag daheim gewesen, hätten wir es da schon gemacht. Jetzt holen wir es nach: Ich wünsche dir viel Glück, Alexander! Recht viel Glück für deine Zukunft!«

Ihre dunklen Augen schimmerten feucht, es drangen ein paar Tränen hervor und in ihrer Stimme war ein Zittern.

Er schaute sie genauer an, entdeckte in ihrem Gesicht einzelne Falten. Sie war älter geworden. Vierunddreißig, rechnete er. Aber immer noch jung! Waren es Sorgen, die sich in diesen Falten zeigten? Gram? – Nein, das durfte nicht sein. Worüber sollte sie sich auch grämen!

Er war selbst bewegt, als er sagte: »Ich dank dir halt für alles, du Gute!«

Dann stießen sie an und tranken sich zu, lächelnd, aber wehmütig.

»Diesen Tag gibt es nur einmal im Leben«, sagte sie. »Für mich gab es ihn nie!«

»Anna! Du darfst nicht traurig sein!«

»Traurig? Nein, ich freue mich mit dir.«

Sie ging zum Schrank und sperrte auf. Dann brachte sie ein Holzkästchen, das sie mit einem kleinen Schlüssel öffnete. Es waren Dokumente darin aufbewahrt: Versicherungspolicen, Kataster- und Bankauszüge und dergleichen. Sie zog einen versiegelten Brief hervor, der Umschlag war vergilbt.

»Da!«, sagte sie.

»Was ist das?«

»Ein Brief.«

»Von wem?«

»Vom Vater; das heißt, geschrieben habe ich ihn damals; denn er war ja gelähmt, aber er hat ihn mir diktiert. Ich sollte ihn dir an deinem einundzwanzigsten Geburtstag geben, an dem Tag, an dem das Testament in Kraft tritt.«

»Davon wusste ich nie etwas, Anna!«

»Was hätte es genützt? Wir durften ihn zuvor nicht öffnen, er hätte bloß deine Neugier geweckt.«

Er drehte den Brief in seinen Händen, von einem plötzlichen leisen Schauer ergriffen.

»Mach ihn nur auf!«, ermunterte sie ihn und trug das Kästchen zurück zum Schrank, um es wieder einzuschließen.

Aus der Stille kam das Knistern des Briefes und die halblaute Stimme ihres Bruders: »Lieber Bub, wenn dieser Brief in deine Hände gelangt, spreche ich aus der Ewigkeit zu dir. Du hättest mich zu meinen Lebzeiten noch nicht verstanden; denn da warst du noch zu klein. Heut bist du der Bauer auf unserem Hof geworden und ich hoffe, mit Gottes Hilfe ein Bauer aus echtem Korn und Schrot, der mir und allen Vorfahren Ehre macht. Denke immer daran, auch du wirst den Hof einmal in die Hände deines Nachkommen übergeben und auch der soll dann sagen können, mein Vater war ein Vorbild. Darum bitte ich den lieben Gott in meiner Sterbestunde. Schenke deiner Schwester, was ihr gebührt, nicht nur den gesetzlichen Erbteil, sondern deine Liebe. Sie hat viel für dich getan. Gott segne euch, meine Kinder, und führe euch mit uns zusammen in der ewigen Heimat. Dein Vater.«

Zum Schluss versagte dem jungen Hofer die Stimme. Er flüsterte nur noch und kämpfte gegen die Tränen.

Er schaute seine Schwester an, die sich nach ihm umwandte, und er sah, dass sie weinte.

»Du hast diesen Brief gekannt, Anna?«, fragte er bewegt.

Sie nickte.

Er ging auf sie zu und warf seine Arme um sie. »O, Anna, was ist das für eine Stunde! Jetzt begreife ich es erst ganz.« Er legte sein Gesicht an ihre Wange und konnte kaum ein Schluchzen unterdrücken. »Wir werden morgen zum Grab des Vaters gehen, wir beide. Willst du?«

Sie nickte. Dann lächelte sie ihm unter Tränen zu, griff nach dem Glas und reichte es ihm.

»Auf den neuen Bauern!«, sagte sie.

Sie stießen an und tranken sich zu.

14

Für Außenstehende und sogar für die eigenen Dienstboten hatte sich mit der Heimkehr Alexanders auf dem Hof nichts geändert. In gewohnter Weise verliefen die Tage mit ihrer gleich bleibenden Arbeit. Nichts änderte sich an der festen, guten Ordnung des Hauses. Anna schaltete als Bäuerin, Alexander stand mit den Knechten draußen, bei den Arbeiten auf den Feldern und im Wald.

Gelegentlich schickte Anna ihren Bruder auf die herbstlichen Viehmärkte, sie gab ihm Geld mit, damit er dieses oder jenes Stück Jungvieh, das ihm besonders gut gefiel, einkaufen sollte. Sie ließ ihm dabei völlig freie Hand. Er war ja der Bauer und er hatte schon bald bewiesen, dass er von seiner Arbeit etwas verstand.

Am Sonntag gingen sie zusammen hinab ins Dorf zur Kirche. Sie hatte eine besondere Freude daran, wenn die Leute voll Bewunderung dem jungen Hofer nachschauten und es sich zur Ehre anrechneten, wenn er mit ihnen sprach.

Nach Weihnachten war Afra dagewesen. Man konnte bereits jetzt sagen, dass es kaum ein stattlicheres Paar gab als den jungen Hofer und dieses Mädchen. Ihre Liebe schien sich zu festigen, man konnte sich nicht denken, dass es noch einmal zu einer Trennung kommen könnte.

Die Ansicht von Anna schienen die Eltern des Mädchens zu teilen; denn sie luden Alexander auch zu sich ein und machten kein Hehl mehr daraus, dass sie diese Verbindung von Herzen unterstützten. Es gingen Briefe hin und her, die nicht nur die beiden Liebenden, sondern auch ihre Angehörigen von Haus zu Haus ansprachen.

Damit war es zwischen Alexander und Afra zu einem festen und auf Heirat abzielenden Verhältnis gekommen. Afras Eltern wollten, dass die beiden mit der Hochzeit warten, bis das Mädchen etwas älter und damit reifer geworden war. Es sollte immerhin Bäuerin auf dem großen Anwesen der Hofers werden, und als solche hatte sie etwas darzustellen.

So verging der Winter, es kam das Frühjahr mit dem Anbau und der Feldbestellung, der Sommer mit Wachstum und Ernte. Alexander erwies sich als ausgezeichneter Bauer. Alle Kenntnisse, die er auf seinen Lehrgängen erworben hatte, brachte er zur Anwendung, und es war nicht zu leugnen, dass er damit spürbare Erfolge erzielte. Das sah auch Anna, die ja selber eine vorbildliche Bäuerin war. Sie sah sich von ihrem Bruder übertroffen und freute sich. Sie hatte es so gewollt und fühlte sich ihres Sieges über alle Widerstände, die es in ihrem Leben gegeben hatte, sicher.

Sie hatte ihr Ziel erreicht und sie durfte auf ihre Leistungen stolz sein. Denn sie war mit allen Problemen und Entwicklungsstadien des heranwachsenden Bruders fertig geworden. Der Knabe von damals war zu jenem mustergültigen jungen Mann geworden, wie er ihr vorgeschwebt hatte, zu einem Hofer, der alle seine Altersgenossen an Mut, Tatkraft und Klugheit übertraf, ein junger Landwirt, von allen bewundert und von vielen beneidet.

In ihrem stolzen, glücklichen Gefühl über das erreichte Ziel ahnte Anna nicht, dass im Hinterhalt bereits eine Gefahr lauerte, sie ahnte nicht, dass sie gerade durch ihr Betreiben, den Bruder zu einem besonderen Menschen zu machen, diese Gefahr selbst heraufbeschworen hatte. Wie hätte sie so etwas befürchten können; denn nur ganz selten fiel einmal ein Wort über die Brauerei und ihre Menschen. Die Familien hatten nicht mehr miteinander zu tun, man war sich völlig fremd geworden. Höchstens, dass ein Knecht von Zeit zu Zeit zur Brauerei geschickt wurde, um einen Wagen voll Treber zu holen. Dann kam es zuweilen vor, dass Joachim einen Gruß an die Geschwister Hofer ausrichten ließ.

So verging ein Jahr.

Es war gerade in der ruhigen Zeit zwischen Heu- und Getreideernte, als Alexander eines Tages vom Landesverband für Leichtathletik eine Einladung zu einem großen Sportwettkampf bekam, der anlässlich der Neunhundert-Jahr-Feier der Kreisstadt abgehalten wurde. Es sollten große Leistungs- und Schaukämpfe ausgetragen werden, wozu die bestqualifizierten Sportler aufgefordert wurden.

»Natürlich bist du mit dabei!«, entschied Anna, ohne nur einen Augenblick zu zögern. »Wenn man dich schon eigens dazu einlädt, kann es gar kein Überlegen mehr geben!«

»Ich habe lange nicht mehr trainiert, Anna! Es sind bessere dabei als ich!«

»Das solltest du nie denken! Auf alle Fälle solltest du immer der Beste sein wollen und dann bist du es auch!«

Alexander trainierte, arbeitete und bereitete sich auf die Wettkämpfe vor.

»Warum soll nicht einmal ein junger Bauer der Erste sein?«, spornte Anna ihren Bruder an. Es schmeichelte ihrem Ehrgeiz, den Namen Hofer in den Zeitungen zu lesen.

»Du fährst doch auch mit?«, fragte er einmal.

»Ich? Was soll ich in der Stadt? Wenn der Bauer schon ein paar Tage abwesend ist, muss wenigstens die Bäuerin daheim sein.«

»Wenn du nicht dabei stehst, werde ich es nicht schaffen!«, lachte er.

»Du wirst es schaffen, weil du weißt, dass daheim deine Schwester dir beide Daumen hält!«

Alexander trainierte – und dann stellte er sich dem Wettbewerb.

Über mehrere Tage dauerten die großen Sportveranstaltungen und jedesmal füllten an die zehntausend Zuschauer das Stadion und die Tribünen.

Es wurden Glanzleistungen vollbracht, Rekorde aus Bundesligakämpfen erreicht und sogar gebrochen. Alexander Hofer holte sich ein paar prächtige Siege. Er war in Form wie nie zuvor. Außerdem wusste er, was man von ihm erwartete. Man sollte sich in ihm nicht getäuscht haben.

Und so geschah es in der Tat, dass der Name Hofer öffentlich von allen Freunden des Sportes gefeiert wurde. Anna verfolgte aufmerksam am Radio die Reportagen, und als sie wirklich den Namen ihres Bruders hörte, lief sie zu den Dienstboten und verkündete ihnen glückstrahlend seinen Sieg.

Der Name Hofer war plötzlich zum Gegenstand des öffentlichen Interesses geworden. Leistung und Bewunderung, wenn auch zunächst einmal im Sport, das war es, was Anna so durcheinanderbrachte, dass sie vor Aufregung nicht mehr wusste, was sie tat und sprach.

Alexander hatte es geschafft!

Sie wusste, jetzt wurde er von seinen Sportkameraden gefeiert und geehrt. Vielleicht trank er zu viel, wenn nun Runde um Runde für den Sieger spendiert wurde. Sie wusste nicht, wie es bei solchen Siegesfeiern zuging.

Und wenn? Sollte er es tun! Sie wollte morgen oder übermorgen, wenn er heimkam, auch die beste Flasche Wein aus dem Keller holen und mit ihm trinken.

Gleich am Abend wollte sie an Afra einen Brief schreiben. Ob sie wohl auch am Radio gesessen und von seinem Erfolg gehört hatte?

Es waren nicht nur Sportveranstaltungen großen Stils, womit die kleine alte Kreisstadt ihr Jubiläum beging, auch noch andere großartige Schaudarbietungen reihten sich aneinander, historische Umzüge und Gruppentänze der Trachtenvereine. Musikkapellen und Gesangvereine aus dem eigenen Bezirk und den benachbarten Gemeinden traten in den eigens dafür errichteten Zelten zum Wettstreit an. Es gab einen großen Rummelplatz mit Schaustellern, Karussells und Schiffschaukeln, wo es laut und fröhlich zuging.

Die Stadt war geschmückt und beflaggt.

Eine ganze Woche dauerte die Feier und zum Schluss gab es noch ein gewaltiges nächtliches Feuerwerk.

Jeden Tag berichtete die Zeitung über den glanzvollen Ablauf der Festlichkeiten, brachte Reportagen von Kämpfen und vom Wettstreit bei einzelnen Veranstaltungen.

Anna fand es ganz selbstverständlich, dass ihr Bruder das Fest bis zum Ende mitmachte; er gehörte ja zu den großen Siegern und konnte nicht einfach wegbleiben, als seine Arbeit getan war. Sicher befand er sich unter guten Freunden und machte alle Vergnügungen mit. Das sollte er auch. Ihre Freude wurde dadurch nicht geschmälert, dass er erst nächste Woche heimkehren und stolz von seinen Erlebnissen und Leistungen erzählen würde.

Hätte sie jedoch den wahren Grund seines langen Ausbleibens gekannt, wäre es mit ihrer Ruhe und ihrer freudigen Erwartung wohl vorbei gewesen. So aber freute sie sich sogar über das Telegramm, das ihr in diesen Tagen zugestellt wurde:

»Komme erst Mitte nächster Woche heim. – Alles in Ordnung. – Alexander.«

Die Freunde, bei denen Anna ihren Bruder wähnte, war jedoch – eine Frau, eine einzelne Frau, jung, hübsch und attraktiv. Das allein hätte vielleicht noch nicht zu Bedenken Anlass gegeben; denn große Sportsieger und gefeierte Männer werden schließlich immer umschwärmt und Alexander wusste, wohin er gehörte. Die Gefahr drohte aus einer ganz anderen Richtung.

Er stand oben am Berg vor dem sogenannten »Fuggerbau«, ein viel besuchtes Schlossrestaurant, von dem man einen schönen Ausblick über das Tal und die Stadt hatte. Weil er merkte, dass er etwas zu viel getrunken hatte, war er unter einem Vorwand plötzlich aufgebrochen und hatte seine fröhliche Tischgesellschaft von neuen Sportfreunden verlassen.

Es ging dem Abend zu, die gewitterschwüle Luft erschwerte das Atmen. Am Himmel zogen schwarze Wolken auf.

Alexander verließ den Weg und wanderte an der Brüstung entlang. Eigentlich wollte er heute heimfahren, hatte jedoch in seiner Unentschlossenheit zu lange gezögert und nun war es zu spät. Er musste noch zurück zum Gasthof, wo er sein Nachtquartier hatte, um seine Sachen abzuholen und die Rechnung zu begleichen.

Die schwüle Luft und das aufsteigende Gewitter machten ihn schlaff und müde. Oder hatte er nur zu viel getrunken? Außerdem war es ein heißer Tag gewesen. Er lehnte sich an die Mauerbrüstung und schaute ins Tal.

Auf dem Weg, der schmal durch die Bäume zum Restaurant heraufführte, gingen einige Menschen. Man hörte sie sprechen und lachen. Vom Rummelplatz drangen die lärmenden Klänge von Drehorgeln und Musikboxen und die Schreie der Schausteller herauf.

Er überlegte, dass er in seinen Gasthof zurückkehren und sich niederlegen wollte. Und da stand sie plötzlich vor ihm, als hätte der Zufall sich wieder einmal ein ganz besonderes Spiel erlaubt. Sie waren beide überrascht und schauten sich bestürzt und verwirrt an. Er hatte sie lange nicht mehr gesehen, aber sie hatte sich nicht verändert und er erkannte sie sofort. Die Kleidung war natürlich anders als auf ihrer Hochzeit, sommerlich, luftig, fast mädchenhaft. Das schmale, hübsche Gesicht war von der Sonne gebräunt. Die großen, schönen Augen spiegelten ihre freudige Überraschung.

Er grüßte.

Sie streckte ihm die Hand entgegen. »Das ist doch kaum zu glauben!«, rief sie. »Da lebt man in einem Dorf zusammen, sieht sich das ganze Jahr nicht, und hier in der Stadt steht man sich dann plötzlich gegenüber. Ich möchte Ihnen zuallererst einmal gratulieren, Herr Hofer!«

»Wozu?«

»Zu Ihrem großen Sieg.«

»Wissen Sie denn davon?«

»Das will ich meinen. Man redet überall davon.«

»Sie meinen in Ruhbach?«

»Ach was, in Ruhbach!«, lachte sie. Was versteht man in Ruhbach von einem neuen deutschen Rekord! Ich hatte sogar das Glück, Zeuge Ihrer ausgezeichneten Leistung zu sein. Und jetzt freue ich mich, Ihnen persönlich meine Anerkennung und Bewunderung ausdrücken zu können!« Sie blickte um sich. »Sind Sie allein?«

»Ja.«

»Was haben Sie gerade vor?«

»Ich wollte eben in meinen Gasthof zurückkehren. Morgen fahre ich heim.«

»Hier sollten wir nicht stehen bleiben. Es kommt sowieso bald ein Gewitter. Wollen wir ins Restaurant gehen?«

»Ich komme eben von dort.«

»Was tut es? Bitte! Wenn wir uns schon überraschenderweise treffen, als hätte der Zufall etwas mit uns vor, müssen Sie mein Gast sein!«

Sie schaute ihn mit ihren schönen Augen an und er konnte nicht widerstehen. Überhaupt war er nicht im Vollbesitz seiner Sinne, weil er zuvor zu viel getrunken hatte. Es gab für ihn nichts zu überlegen, nichts zu bedenken. Sie waren beide Ruhbacher und hatten sich zufällig in der Stadt getroffen. Er konnte sie nicht einfach stehen lassen, so viel Anstand musste er haben. Außerdem wusste ja niemand etwas davon. Das Geschwätz der Leute über die junge Witwe von der Brauerei ging ihn einen nassen Staub an. In einem Dorf, wo einer den anderen kannte und einer den anderen beneidete, wurde über jeden Menschen geschwatzt und gelogen. Auch über ihn …

Sie kehrten im Schlossrestaurant ein, stiegen zum sogenannten »Fuggerkeller« hinab und saßen dann in einer kühlen Ecke unter einem dicken, von schweren Mauersäulen getragenen Gewölbe. Es war ein Plätzchen, wo man sich wirklich wohl fühlen konnte.

Alexander merkte, dass die Blicke der Menschen sich häufig mit seiner schönen, attraktiven Begleiterin beschäftigten. Es machte ihn stolz. Er fühlte, dass er beneidet wurde.

Sie aßen eine Kleinigkeit und tranken einen starken Wein. Sie schien sich in ihrer Sportbegeisterung ihm förmlich vor die Füße zu werfen. Ihre Bewunderung schmeichelte ihm.

Die Wirkung des Alkohols blieb nicht aus. Seine Stimmung hob sich. Er redete pausenlos, packte alles aus, was ihm auf dem Herzen lag. Er wusste nicht mehr im Einzelnen, was er überhaupt redete. Er sah nur ihre Augen, das schmale, schöne Gesicht, den sinnlichen Mund, er fühlte sich immer mehr hingezogen zu dieser seltsamen jungen Frau.

Sie klagte über die Einsamkeit ihres Lebens, woran sie nichts zu ändern vermöge, solange sie um ihre Erb- und Wohnrechte kämpfen müsse; denn das würde Joachim Urban und seiner scheinheiligen Mutter so passen, wenn sie auf alle Anrechte verzichtete und das Weite suchte.

»Der Joachim ist ein Trottel, der immer hinter dem Mond gelebt hat!«, bestätigte er. Von ihm könne sie nichts anderes erwarten als dumme Reden und hinterhältige Bosheiten.

Dem Ernst ihrer Reden folgte bald wieder das heitere, übermütige, verliebte Necken. Sie lachten sich zu und als er unter der zunehmenden Alkoholeinwirkung zu laut zu werden drohte und die Umsitzenden zunehmend auf sie aufmerksam wurden, bezahlte sie die Zeche.

Sie verließen das Lokal. Inzwischen war es dunkel geworden.

Er schob ihr den Arm unter und so stiegen sie langsam hinab zur Stadt. Über den Himmel zuckte ein Wetterleuchten, Wind kam auf und rauschte durch die Bäume.

Noch hatte Alexander keine Ahnung, welch gefährlichen Weg er heute beschritten hatte. Er dachte auch nicht weiter darüber nach. Wenn er auch nicht so schwer betrunken war, dass man es ihm an seinem Schritt oder in seinem Benehmen anmerkte, so war sein Sinn doch nicht mehr völlig klar. Er wusste nur, dass er sich heute verliebt hatte, und dachte nicht daran, damit ein anderes Mädchen zu betrügen, dem er sein festes Versprechen gegeben hatte. Er befand sich in einem Zustand, der ihn plötzlich erkennen ließ, dass er ein lächerlich dummer Bub gewesen war, einfältig aufgewachsen wie eine Rebe, die man am Haus hinaufklettern lässt, angebunden und festgehalten von seiner Schwester Anna.

»Ich habe damals an meinem Hochzeitstag geahnt, dass wir uns noch einmal treffen«, sagte sie. »Aber ich konnte nicht wissen, was es ist. Es ging mir nie mehr aus dem Kopf, wenn ich auch feststellen musste, dass der junge Hofer mich vergessen hat.«

»Vergessen nicht!«, wehrte er sich. »Aber ich habe an dich gedacht, wie man an die Frau eines anderen Mannes denkt, die für einen selbst verloren gegangen ist.«

Er spielte mit dem Feuer, ohne auch nur ein einziges Mal die Gefahr zu erkennen.

15

Alexander Hofer holte seine Sachen aus dem Zimmer des Gasthofes und beglich seine Rechnung. Draußen auf der Straße stand der kleine, schnittige Sportwagen der jungen Brauereibesitzerswitwe und wartete auf ihn.

Als er endlich kam, öffnete sie die Tür und er stieg ein. Am Postamt hielt der Wagen noch einmal an. Sie gingen zusammen hinein und gaben ein Telegramm an Anna auf.

Darauf verließen sie auf der südlichen Ausfallstraße die Stadt. Die ersten Regentropfen schlugen gegen die Windschutzscheibe.

»Wohin?«, fragte er.

»Das soll eine Überraschung sein!«, entgegnete sie.

»Also eine Entführung?«, lachte er.

Sie nickte. »Ausnahmsweise einmal durch eine Frau! Wenn ich darauf gewartet hätte, bis du mich holst, wäre ich eine alte Schachtel geworden; du hättest es doch nicht gewagt!«

»Kaum.«

Solange sie noch in Stadtnähe waren, gab es starken Verkehr auf der Straße. Sibylle konzentrierte sich aufs Fahren. Scheinwerfer um Scheinwerfer kam ihnen entgegen.

Erst später wurde es ruhiger. Der Regen wurde stärker, die Scheibenwischer fuhren hin und her. Die Straße glänzte und über den Himmel schlängelten die Blitze.

Sie fuhr ein flottes Tempo. Der Sturm rauschte an den Fenstern vorbei.

»Ich weiß für uns ein herrliches Quartier«, begann sie dann. »Ein hübsches Gasthaus am Heidwangersee, herrlich in den Bergen gelegen. Kennst du die Gegend?«

»Nein.«

»Ich komme oft hin, wenn es mir daheim zu eintönig wird. Die Leute dort kennen mich schon. Es gibt einen herrlichen Badestrand, man sieht wieder einmal andere Gesichter und das hebt die Laune. Ich kann nicht ewig die trauernde Witwe spielen und dabei meine Zukunft vergessen.«

»Du musst eben wieder heiraten!«, meinte er.

»Ich danke dir für diesen Rat! Aber ich gehöre nicht zu diesen Menschen, die dabei nur das Geschäftliche im Auge haben, den Besitz und das Vermögen des Mannes, wenn auch Joachim Urban behauptet, ich hätte mich in ihr Haus eingeschlichen. Mir geht es um den Mann selbst, ich muss ihn lieben können. Diese Männer aber kann man zählen. Die meisten haben nur Geld, im Übrigen sind sie Snobs und Idioten, aber keine Männer.«

Ihre Augen funkelten im Schein der Lichter, ihr Gesicht war erregt und schimmerte bleich.

Er lehnte neben ihr und beobachtete sie, er blickte auf ihre schlanken Hände, die auf dem Steuerrad lagen und sich unruhig bewegten. Der Regen fiel jetzt so dicht, dass die Scheibenwischer das rinnende Wasser kaum beiseite schaffen konnten. Die Sicht verminderte sich mehr und mehr. Auf der Straße stand das Wasser, es schwemmte schmutzig von den Feldern herab und über die Straße hinweg. Der Sturm drückte gegen die Scheiben.

Sie steuerte das Auto langsam dem Straßenrand zu und hielt an.

»Man sieht nichts mehr«, sagte sie.

Er nickte. »Warten wir doch eine Weile!«

Sie stellte den Motor ab und schaltete die Standlichter ein. Vor dem Fenster leuchteten die Blitze, rollende und schlagende Donner erschütterten die Luft, der Regen stürzte nieder.

So saßen sie nebeneinander und schauten in die Nacht. Kein Licht kam ihnen mehr entgegen. Sie waren jetzt ganz allein und wussten nicht einmal, wo sie sich befanden.

»Wir sind doch auf der richtigen Straße?«, fragte er.

Sie nickte.

»Wie weit ist es noch?«

»Eine knappe Stunde.«

An der Straße entlang lief eine Lichtleitung von Mast zu Mast. Sie sahen es beide, wie der Blitz in das Kabel schlug und das Feuer sich teilte. Der Einschlag war so nahe, dass sie den Schwefel rochen.

Sie war darüber so erschrocken, dass sie ganz an ihn heranrückte. Ihr Körper zitterte.

»Hast du Angst?«, fragte er und legte den Arm um sie.

»Das ist ja schrecklich! Am Ende schlägt noch ein Blitz ins Auto ein!«

»Kaum. Im Auto ist man noch am sichersten.«

»Warum?«

»Das ist ein physikalisches Gesetz. Wir stehen auf Gummireifen und sind von der Erde isoliert. Sag mir jetzt lieber die Wahrheit: War es wirklich so zufällig, dass wir uns am Fuggerbau getroffen haben?«

Sie wandte ihm ihren Blick zu und beobachtete sein Gesicht. Er kniff die Augen zusammen und sah verschmitzt aus. Da bewegte sie verneinend den Kopf. »Ich wusste, dass du dort eingekehrt warst und habe auf dich gewartet.«

»Warum?«

Sie zögerte.

»Um mir zu meinem Sportsieg zu gratulieren?«, fragte er weiter.

»Weil ich dich liebe, schon seit dem Tag, als ich dich zum ersten Mal gesehen habe. Obwohl es keinen Zweck hatte, habe ich mich genau nach dir erkundigt und erfuhr, dass du der junge Hofer bist, der künftige Hofbauer. Ich habe Otto Urban dazu gebracht, dass er dir seine Freundschaft anbot; denn ich wollte dich wiedersehen. Du solltest in unserem Haus aus- und eingehen. Er sagte mir, dass das nur mit dem Einverständnis deiner Schwester geschehen könnte, die krankhaft eifersüchtig sei. Ich habe dich zwar aus den Augen verloren, jedoch nie mehr vergessen. Dann kam das Unglück mit meinem Mann. Ich bin frei geworden, aber du warst mir zu schade und auch noch zu jung, um dich aus der glücklichen Vormundschaft deiner Schwester zu befreien. Das zeigt, meine ich, dass ich dich wirklich geliebt habe, Alexander.«

Er spürte, wie ihr Geständnis ihn aufrüttelte aus seiner Gleichgültigkeit. Plötzlich konnte er ganz klar denken, der Alkoholrausch war verflogen. Es war die Leidenschaft, die jetzt erwachte und seine Sinne noch mehr verwirrte. Er griff nach ihrer Hand, spürte die warme, feuchte Haut. »Und jetzt?«

Sie schaute ihn mit ihren betörenden Augen an. Um ihren Mund war ein Zucken.

»Jetzt liebst du mich nicht mehr?«, fragte er.

»Ich meine, es ist zu spät!«

»Wieso?«

»Du hast gewiss schon eine Freundin. Ich möchte dich nicht zu einem Betrüger machen.«

Da ließ er ihre Hand los. Afra!, schoss es ihm durch den Sinn. Ja, die durfte er nicht betrügen. Aber es war ja doch noch nichts ausgemacht! Im Gegenteil, man hatte ihm oft deutlich genug gesagt, dass sie noch zu jung sei, dass er noch warten müsste, sowohl ihre Eltern als auch seine Schwester Anna rieten dazu. Sie sei ja noch ein halbes Kind …

Er brach plötzlich in ein lautes, hemmungsloses Lachen aus.

Sie erschrak darüber. »Warum lachst du?«

»Über mich selbst. Ich habe mich einmal in ein Kind verliebt, musst du wissen.«

»In ein Kind?«, fragte sie bestürzt.

»Nun sagen wir ein halbes Kind, in einen Backfisch oder, wie es in deiner Sprache heißt: in einen Teenager.«

Mehr sagte er nicht.

»Was ist daraus geworden?«

»Was? Warten! Warten! Warten!«

»Ach so!«

»Ja, so ist das. Man wartet, bis man nicht mehr mag oder nicht mehr kann, dann ist einem plötzlich alles gleich. Übrigens, es gibt für mich keine Vormundschaft mehr. Ich bin heute der Bauer auf unserem Hof. Man sieht schon, dass du in Ruhbach nicht mehr daheim bist, sonst müsstest du es wissen.«

»Und deine Schwester?«

»Sie ist die Bäuerin, bis ich heirate.«

»Und dann?«

»Das weiß ich noch nicht. Jedenfalls wird für sie gesorgt sein. Ich bin es ihr schuldig.«

»Natürlich.«

Der Regen hatte nachgelassen, auch der Sturm legte sich. Das Gewitter zog ab.

Sie wollte den Motor anlassen, aber er sprang nicht gleich an.

»Was ist? Mag er nicht mehr?«, fragte er.

»Das wäre noch schöner!«, meinte sie. »Hier können wir nicht stehen bleiben!«

»Warum nicht?«

Sie schaute ihn an.

»Ich finde es ganz großartig hier!«, feixte er.

»Ich weiß aber etwas Schöneres!«, lachte sie.

Endlich sprang der Motor an. Die Scheinwerfer flammten auf. Sie setzten ihre Fahrt auf der einsamen, nächtlichen Straße fort.

Am nächsten Morgen war wieder klarer Himmel und freundlicher Sonnenschein. Als Alexander aufwachte, musste er sich erst daran erinnern, wo er war, so tief und fest hatte er geschlafen. Er setzte sich in seinem Bett auf und blickte sich zunächst ganz verwirrt in dem fremden Zimmer um. Es war ein heller, freundlicher Raum mit schönen, modernen Möbeln. Durch das große Fenster, das mit Gardinen verhängt war, drangen die hellen Sonnenstrahlen herein.

Er erinnerte sich an die Fahrt durch die Gewitternacht. Als ein Wolkenbruch niederging, waren sie im Wagen auf der Straße gestanden, ein Blitz war ganz in ihrer Nähe in die Lichtleitung gefahren.

»Sibylle!«, flüsterte er.

Es war ihm als hätte er das alles nur geträumt, alles, was er erlebt hatte und was zwischen ihnen gesprochen worden war. Aber das Zimmer, in dem er erwacht war, bestätigte ihm, dass alles wirklich stattgefunden hatte. Als sie das Gasthaus erreicht hatten, war es dunkle Nacht gewesen. Sie hatten nur noch eine Kleinigkeit gegessen und getrunken und dann ihre Zimmer aufgesucht. Sie waren die einzigen Gäste des Lokals gewesen.

Ihre Zimmer lagen auf dem gleichen Flur. Daran konnte er sich noch erinnern. Aber er hätte nicht mehr sagen können, wo Sibylle schlief.

Er sprang aus dem Bett, schob den Vorhang zurück und riss das Fenster auf. Vor ihm lag im prallen Sonnenschein ein gigantischer, zerklüfteter Gebirgsstock. Zu Füßen des Berges breitete sich ein idyllischer See aus, in wenigen Minuten vom Haus zu erreichen.

Das war der Heidwangersee, von dem Sibylle gesprochen hatte, das war die Überraschung, die sie für ihn vorgesehen hatte. Wie herrlich!

Er warf den Vorhang zurück und ging ins Bad. Er duschte und rasierte sich und zog sich an.

Das Frühstück wurde im Garten serviert. Aber es waren nur noch wenige Gäste da. Im Schatten eines Laubbaumes saß Sibylle und lachte ihm mit gebräuntem Gesicht und weißen Zähnen entgegen. In ihrem ärmellosen, schulterfreien Kleid und ihrer knabenhaften Figur konnte man sie tatsächlich für ein junges Mädchen halten. Sie hatte in einer Illustrierten geblättert, die sie jetzt beiseite legte, um ihn zu begrüßen.

»Du bist schon auf?«, fragte er.

»Schon eine ganze Weile.«

»Bin ich denn der Letzte, der hier aus den Federn kroch?« Er schaute auf die Uhr. »Was! So spät ist es schon? Du musst entschuldigen, Sibylle, aber ich hab geschlafen wir ein Bär!«

Sie nahmen zusammen das Frühstück ein.

»Wie gefällt es dir hier?«

»Ausgezeichnet! Es ist schön wie im Märchen.«

»Wenn du Lust hast, werden wir eine kleine Wanderung machen und dann im See schwimmen.«

»Einverstanden!«

Der Badestrand war lang und groß, obwohl es mehrere Badelustige gab, konnte man sich doch ein ruhiges Plätzchen aussuchen, wo man ganz allein war.

Als sie ihren Bademantel ablegte, stand sie im Bikini vor ihm. Ihre schlanke, knabenhafte Figur erregte selbst am Badestrand Aufsehen.

Er fing an, stolz auf sie zu sein und auch auf sich selbst, der von einer solchen Frau geliebt wurde.

Sie schwammen nebeneinander weit in den See hinaus. Er machte seine Scherze, tauchte plötzlich unter, war lange nicht mehr zu sehen und tauchte dann irgendwo so nahe bei ihr auf, dass er sie berührte und erschreckte. Ihr übermütiges Lachen verhallte über dem See.

Alexander war ein ausgezeichneter Schwimmer. Sie hatte auch nichts anderes erwartet. Wie ein Hecht schoss er davon, aber er ließ ihr einen gewissen Vorsprung, um sie dann einzuholen.

»Du hättest wohl auch beim Schwimmen einen Preis holen können«, sagte sie. »Warum hast du es nicht getan?«

»Man kann nicht alles haben«, war seine Antwort darauf. »Man muss auch zufrieden sein können mit dem, was man hat.«

Bis über den Sonntag blieben sie am Heidwangersee. Abgesehen von ein paar Wärmegewittern, die am späten Abend ausbrachen, blieb das Wetter gut. Sie machten kleine Wanderungen, badeten im See und lagen in der Sonne.

Ein paarmal noch meldete sich bei Alexander das Gewissen und wollte ihn ermahnen, dass er unrecht handelte, wenn er noch länger mit dieser Frau zusammen blieb. Wenn sie auch jung und mädchenhaft aussah, so war sie doch eine Frau. Er wusste nicht genau, wie alt sie war, aber er schätzte, dass sie immerhin zwei bis drei Jahre älter war als er. Aber das war keine Affäre und sie waren beide jung. Er dachte jedoch ab und zu auch an Afra, und was für Augen sie machen würde, wenn sie ihn zusammen mit dieser Frau sehen könnte. Natürlich würde sie sich sofort von ihm abkehren und bittere Tränen der Enttäuschung weinen. Vielleicht aber würde sie ihn sogar verstehen, wenn er ihr sagen könnte: Ich liebe dich schon, Afra, und ich werde dich immer lieben und nie vergessen. Aber ich kann dieser Sibylle nicht widerstehen. Schau sie dir selbst an! Ist sie nicht eine herrliche Frau?

Anna würde ihm ins Gesicht spucken. Aber – mit welchem Recht? Bis jetzt hatte sie noch das Heft in der Hand, aber nur so lange, wie er es duldete.

Der Bauer vom Hof bin ich!, sagte er sich. Ich werde die Frau heiraten, die ich will, und nicht die, die meine Schwester für mich bestimmt hat!

War es seine Schuld, dass Anna die Sibylle nicht leiden konnte? Warum denn nicht? Was hatte sie ihr getan? Sie sprach nur nach, was man im Dorf über die junge Brauereibesitzerswitwe zusammenlog.

Die Entscheidung lag bei ihm allein. Und eines Tages würde er sich entscheiden, wenn es sein musste, auch gegen Annas Willen und gegen den Willen des Dorfes.

»Ich bin der Hofer!«, flüsterte er und sein Gesicht wurde dabei steinhart.

Die Leidenschaft bekam immer mehr Gewalt über ihn. Und er hielt es für Liebe, was er für diese kluge und verführerische Frau empfand.

»Ich mag weder dich noch mich in Schwierigkeiten bringen, Alexander«, sagte sie mit ruhiger Stimme. »Darum wird unsere Freundschaft ein Geheimnis bleiben müssen.«

»Freundschaft?«, fragte er und runzelte die Stirn. »Das nennst du auf einmal Freundschaft?«

»Wenn du willst, nennen wir es Liebe. Aber ich kann mir vorstellen, welchen Unfrieden du ins Haus bringen würdest, wenn deine Schwester davon erführe.«

»Meine Schwester? Ich werde meine Schwester nicht fragen. Der Bauer bin ich und kein schlechter! Ich habe niemanden um Erlaubnis zu fragen. Wenn du glaubst, meine Frau werden zu können, besteht kein Hindernis.«

»Und dein Teenager oder Backfisch, wie du das Mädchen nennst?«

Er zögerte ein wenig. »Wenn dieses Mädchen darüber traurig sein sollte oder gar weint, würde mir es bestimmt Leid tun. Aber kein Mensch hat seine Gefühle in der Hand. Ich kann so wenig dafür wie tausend andere, die in eine gleiche Lage gerieten. Ich wäre froh, wenn dieses Mädchen statt zu weinen sich trotzig von mir abwenden würde.«

Sie wanderten nebeneinander an der Schlucht eines wilden, rauschenden Sturzbaches hinauf, warfen ab und zu einen Blick hinab ins grüne Tal.

»Daheim reift das Korn«, lenkte er sich ab. »Sie werden erst mit der Ernte beginnen, wenn ich daheim bin. Es waren schöne Tage für mich, Sibylle, und ich danke dir sehr dafür. Ich könnte nicht ruhig mit ansehen, wenn dir irgendein Mensch einen Stein nachwirft, und wäre es meine eigene Schwester.

Warum? – Nur weil du anders bist als sie, anders denkst, freier, moderner! Ich habe dich kennen gelernt, und seitdem ich weiß, dass du mich liebst, werde ich auch für dich da sein. Die Leute mögen reden, was sie wollen!«

Sie war immer noch zurückhaltend. »Du kennst meinen Schwager nicht, Alexander! Du hältst den Joachim für einen Trottel. Das ist ein großer Fehler. Ich habe ihn kennen gelernt. Er wartet darauf, dass ich das Haus verlasse, er wäre sogar noch so großzügig und würde mir die Einrichtung der Wohnung nachwerfen.«

»Soll er! Wenn ich dich heirate, wirst du die Bäuerin von unserem Hof. Lass ihm doch den ganzen Kram!«

»Und der Prozess?«

»Welcher Prozess?«, staunte er.

»Wir führen einen Erbschaftsprozess. Er will mir mein Recht auf das Erbe streitig machen.«

»Der Prozess wird ausgesetzt. Die Bäuerin vom Hofer muss sich damit nicht mehr herumstreiten.«

Es war der letzte Tag, den sie hier noch zusammen verbrachten.

»Ich bitte dich nur um das eine, Alexander: Komm nie zu mir in die Villa!«

»Warum nicht?«

»Sonst redet morgen das ganze Dorf über uns! Ich bin jedes Wochenende hier am Heidwangersee, auch im Winter; denn es ist viel los mit Ski- und Eislauf. Hier kannst du mich immer treffen, wenn du mit mir zusammensein willst. Ich werde auf dich warten und es wird ein Freudentag sein, wenn du kommst. Merk dir nur: Niemand kennt meinen Wochenendaufenthaltsort. Sie meinen alle, ich sei in die Stadt gefahren. Man redet sogar, dass ich mich viel in München aufhalte. Ich will die Leute in diesem Glauben lassen.«

Am nächsten Tag brachte sie ihn zur Bahnstation.

Er fuhr allein heim, kam in der Nacht in Ruhbach an und niemand wusste, wo er gewesen war. Niemand schöpfte Verdacht.

Anna fiel ihm stolz und bewegt um den Hals und beglückwünschte ihn zu seinem großartigen Sieg.

Sie brachte ihm einen Brief, den Afra inzwischen geschrieben hatte, und er las ihn laut vor, ohne auch nur einmal zu stocken, wenn von ihrer jungen frohen Liebe die Rede war.

16

Wenn etwas zu lange dauert, auch wenn es am Anfang von größtem Interesse ist, verliert es seinen Reiz. So erging es den Leuten von Ruhbach mit den Auseinandersetzungen über die Regelung der Erbschaftsnachfolge in der Brauerei. Es ging nichts voran. Der Prozess zwischen der Frau und dem Bruder des verstorbenen Otto Urban dauerte noch fort oder, besser gesagt, er hatte sich festgelaufen. Schließlich erfuhr man, dass eine gerichtliche Entscheidung erst getroffen werden konnte, wenn eine Frist von drei Jahren seit dem Tod des Erblassers verstrichen war.

Somit ging also alles weiter wie bisher. Joachim Urban leitete eigenmächtig den Betrieb, hielt ihn in gutem Schwung und opferte dafür seine ganze Kraft und Zeit, als gelte es ein eigenes Vermögen zu verwalten und zu vermehren. Das hatte er früher schon getan, als noch sein Vater und später sein Bruder als Besitzer der Brauerei galten. Den Leuten fiel lediglich auf, dass er jetzt mit größerer Sicherheit und gepflegterem Äußeren auftrat, seitdem er auch gegenüber den Ämtern, Behörden, Einkaufszentralen und Kunden das Haus und Geschäft vertreten musste. Im Übrigen lebte er mit seiner alten Mutter sehr zurückgezogen und kam lediglich beim sonntäglichen Gottesdienst mit den Leuten vom Dorf in engere Berührung, ohne dabei einmal in Versuchung zu kommen, sein Schweigen zu brechen. Seiner Meinung nach ging es keinen Außenstehenden etwas an, was sich innerhalb seines Hauses ereignete.

Die junge Witwe Sibylle Urban ging weiterhin ihre eigenen Wege. Niemand wusste, ob sie daheim war oder nicht. Ab und zu konnte man ihren Wagen durch das Dorf fahren sehen oder man stellte gelegentlich einmal fest, dass ein paar Fenster ihrer Wohnung am Abend beleuchtet waren. Man kam mit ihr nicht in Berührung, sah sie nie in der Kirche, man wusste nicht, was sie trieb. Man gewöhnte sich schließlich daran.

Der Sommer war vergangen, die Nächte wurden länger und kamen früher. Wenn die Brauereiarbeiter in den Feierabend gingen, fiel jetzt bereits die Dunkelheit ein. Joachim arbeitete dann gewöhnlich noch ein paar Stunden im Büro, um den alten Melling zu entlasten, damit er auch zu seinem Feierabend käme.

Es gab Schreibarbeit für die Werbung, es mussten Angebote erstellt und der Geschäftsverkehr in Fluss gehalten werden. Alle diese Arbeiten vermochte auch Joachim zu erledigen und so saß er oft bis in die späte Nacht hinein an der Schreibmaschine und klopfte mit seinen schweren Fingern auf die Tasten.

Da wurde einmal noch zu später Stunde an die Tür geklopft. Zu seiner Verwunderung trat Sibylle über die Schwelle. Es war vielleicht das erste Mal seit Ottos Tod, dass sie ins Büro kam.

Er stand sofort auf und ging ihr entgegen. Sie hatten sich schon wochenlang nicht nur nicht gesprochen, sondern überhaupt nicht mehr zu Gesicht bekommen. Er hatte nicht einmal gewusst, dass sie da war.

»Wenn du nichts dagegen hast, möchte ich mit dir reden«, sagte sie.

»Bitte!«, entgegnete er kühl und deutete auf einen Stuhl.

Sie machte von dieser Einladung keinen Gebrauch, sondern blieb stehen und zog den Schal enger um ihre Schultern, als wäre ihr kalt.

»Wenn es wegen des Prozesses ist, werden wir nicht viel sprechen können«, sagte er, lehnte sich am

Schreibtisch an und verschränkte die Arme auf der Brust. »Wir müssen den Termin abwarten.«

Sie verneinte stumm. »Ich brauche Geld!«, stieß sie dann hervor.

»Wie? Du brauchst Geld!«, staunte er und schob seine Unterlippe spöttisch vor. »Ich glaube, die monatlichen Zuwendungen sind so hoch bemessen, dass du keine Not zu leiden brauchst. Sie sind weit höher als meine, obwohl ich hier die ganze Arbeit mache und noch meine Mutter bei mir habe.«

»Darum geht es nicht!«, erwiderte sie schroff. »Ich brauche eine größere Summe!«

»Ach so! Du meinst einen einmaligen Vorschuss auf dein Erbe?«

Sie nickte.

»Wozu?«

»Eine Verpflichtung ...«

Seine Augen wurden schmal. »Wie viel?«

Sie nannte die Summe.

Er glaubte sich verhört zu haben. »Bist du verrückt geworden? Damit kauft man einen Bauernhof! Wozu brauchst du dieses Geld, Sibylle? Willst du etwa heiraten?«

»Das geht dich nichts an!« Ihr Gesicht wurde um einen Ton bleicher. Die Augen traten hervor.

»Freilich geht es mich nichts an, solange nicht die Substanz des Geschäftes angegriffen wird. Ich bin hier als Treuhänder, Sibylle!«

»Zu dem du dich selbst gemacht hast!«

»Hättest vielleicht du das Geschäft führen wollen?«, spöttelte er. »Ich mache dir einen anderen

Vorschlag, Sibylle: Gib nur so viel Geld aus, wie du einnimmst, aber nicht mehr. Dann kommst du nie in Schwierigkeiten oder in Versuchung, Schulden zu machen. Ich kenne Frauen, die, nachdem sie ihren Mann verloren haben, sich einzuschränken verstanden und einfach alle unnützen Ausgaben abschafften.«

»Ich will von dir keine guten Ratschläge, sondern hören, ob du mir das Geld gibst.«

»Nein!«

Sie sahen sich eine Weile schweigend und feindselig an.

»Du willst mir also mein Erbteil vorenthalten?«, fragte sie drohend.

»Ich verweigere dir nicht dein Erbteil, sondern verwahre es, bis wir überhaupt einmal wissen, was jeder von uns zu beanspruchen hat«, verbesserte er.

»Es könnte einmal der Tag kommen, wo es dich reut, mich zu deiner Feindin zu haben.«

»Es kommt immer anders, als man denkt, Sibylle!«

Sie wandte sich schroff von ihm ab. »Gut – ich brauche das Geld nicht!«

»Warum hast du dann überhaupt danach gefragt?«

Da knallte die Tür zu und sie war fort.

Von diesem Tag an schenkte Joachim seiner Schwägerin etwas mehr Aufmerksamkeit als bisher. Es stieg Misstrauen in ihm auf, als wären ihre Unternehmungen doch nicht so harmlos, wie er angenommen hatte. Es entstand in ihm der Verdacht, dass irgendwelche Gestalten aus ihrer dunklen Vergangenheit hinter der Sache steckten. Er ging sogar so weit, anzunehmen, dass sie mit diesen dunklen Hintermännern seinen Bruder betrogen hatte. Da stimmte etwas nicht. Auch sein Bruder hatte nie erfahren, welchen Umgang sie gehabt hatte, er hatte sich in seinem Leichtsinn auch nie darum gekümmert. Er hatte sie geheiratet, weil ihr Typ ganz sein Geschmack war. Nach anderem hatte er nicht gefragt.

Wozu brauchte sie das viele Geld? Angeblich um Schulden zu bezahlen. Aber woher kamen diese Schulden? Und wem schuldete sie das Geld?

Seiner Mutter erzählte er nichts davon, er wollte diesen Fragen allein nachgehen. Und von diesem Tag an verließ sie nicht mehr das Haus, ohne dass er es bemerkte. War sie daheim, achtete er auf ihr Treiben, vor allem darauf, ob sie allein war oder etwa Besuch bekam. Die Nächte kamen früh. Er stand oft lange am verdunkelten Fenster des Büros und hielt den Blick unverwandt auf den Eingang und den dunklen Park des Wohnhauses gerichtet, oft so lange, bis alle Lichter erloschen waren.

Er wartete darauf, wenn sie auswärts war, dass sie einmal in Begleitung zurückkäme oder irgendwann einmal einen späten Besucher empfing. Aber so sehr er darauf achtgab, es wollte ihm nicht glücken, hinter ihre Geheimnisse zu kommen – bis er dann doch einmal eine seltsame Entdeckung machte.

Es war spät in der Nacht, als er das Büro verließ und seine Wohnung aufsuchte. Obwohl schon Spätherbst war, gab es tagsüber noch warmen Sonnenschein, aber die Nächte waren empfindlich kühl, weshalb bald nach Einbruch der Dunkelheit dichter Nebel einfiel.

Das Haus lag finster, die Mutter war längst zur Ruhe gegangen und Sibylle hatte man schon seit Tagen nicht mehr gesehen. Sie schien wieder auf Reisen gegangen zu sein.

Als hinter ihm die Gartentür ins Schloss fiel, war es ihm gewesen, als wäre ein Schatten am Haus vorbeigewischt. Er konnte sich jedoch getäuscht haben, denn im Nebel glaubte man oft etwas wahrzunehmen, was in Wirklichkeit gar nicht existierte. Er horchte in die Stille, hörte jedoch nur das dürre Laub von den Bäumen fallen.

Trotzdem ließ es ihm keine Ruhe. Er ging um das Haus und betrat den Park. Die Sicht war schlecht; dicht hing der Nebel in den Bäumen.

»Ist jemand da?«, fragte er halblaut.

Es kam keine Antwort.

Darauf ging er ins Haus und schaltete die Hoflichter ein. Noch einmal durchschritt er den Park bis ans Ende, und als er zurückkehrte, trat ihm ein Mann entgegen.

Trotz des Lichtscheins konnte er das Gesicht nicht erkennen, der Nebel hinderte ihn daran. Er sah nur, dass der Fremde einen Hut trug, den er tief in die Stirn gezogen hatte. Im Übrigen ließ sich nur feststellen, dass er von großer, schlanker Gestalt war und einen dunklen kurzen Mantel trug, dessen Kragen er hoch geschlagen hatte. Alles an ihm war schwarz.

»Verzeihung!«, sagte der Fremde. »Nachdem Sie mich nun schon einmal bemerkt haben, will ich Sie nicht länger in Ungewissheit oder gar in Unruhe lassen.«

»Warum verstecken Sie sich? Und was suchen Sie hier an diesem Haus?«, fragte Joachim scharf.

»Es ist eine völlig harmlose Angelegenheit. Ich warte auf Frau Sibylle Urban.«

»Mitten in der Nacht?«

Der Fremde lächelte immer noch. »Ich war schon mehrmals da, konnte sie jedoch nie antreffen. Sie hat mich für heute herbestellt.«

»Aber Sie sehen doch, dass sie nicht da ist!«

»Sie wollte bis zum Abend daheim sein.«

Nun verstand Joachim überhaupt nichts mehr. Misstrauisch und auf jede weitere Überraschung vorbereitet, beobachtete er den fremden Mann. Er schätzte ihn, soweit er es bei diesem Nebel beurteilen konnte, auf etwa fünfunddreißig bis vierzig Jahre.

»Sind Sie ein Verwandter oder Bekannter von Frau Urban?«

»Nein. Ich bin Vertreter der Allgemeinen Versicherungsgesellschaft und sollte Frau Urban beraten.«

Er nannte seinen Namen, den Joachim kaum verstand und erst recht nicht behalten konnte; denn seine Gedanken beschäftigten sich mit ganz anderen Fragen. Was hatte Sibylle denn mit einer Versicherungsgesellschaft zu tun? Oder war das nur eine Ausrede?

»Es ist leicht möglich, dass sie bei diesem Nebel nicht pünktlich sein kann«, fuhr der Fremde fort. »Womöglich musste sie die Fahrt unterbrechen und kommt erst morgen bei Tag zurück. Sie wissen ja selbst, Versicherungsvertreter sind äußerst geschäftseifrig, die Leute nennen es aufdringlich, aber man will sich eben kein Geschäft entgehen lassen, wenn schon ein Kunde um einen unverbindlichen Besuch bittet. Ich sehe jedoch, dass ich vergeblich warte. Es gibt hier doch wohl ein Gasthaus, in dem ich übernachten kann? Ich schaue morgen bei Tag wieder nach. Entschuldigen Sie, wenn ich Sie beunruhigt haben sollte! Das war nicht beabsichtigt! Gute Nacht!«

Er griff an den Hut und ging davon.

Joachim folgte ihm, bis er die Gartentür ins Schloss fallen hörte.

Er glaubte dem Mann kein Wort, vielmehr rechnete er damit, dass er irgendeiner geheimnisvollen Machenschaft auf die Spur gekommen war. Das war einem glücklichen Zufall zu danken und seinen guten Augen, denen selbst im Nebel nicht entgangen war, dass sich jemand im Park aufgehalten hatte.

Er beobachtete am nächsten Tag das Haus, aber es kam weder Sibylle zurück, noch ließ sich der Versicherungsvertreter ein zweites Mal blicken.

Erst am übernächsten Tag traf seine Schwägerin ein. Er versuchte, ihr wie zufällig zu begegnen.

»Für dich war vorgestern ein Besuch da«, sagte er und nahm sie fest in den Blick.

»Und?«

»Sogar ein nächtlicher, zumindest fand ich ihn kurz vor Mitternacht vor der Tür.«

»Was willst du damit sagen?«

»Dass mir die Sache recht merkwürdig erscheint!«

»Ich bin dir keine Rechenschaft schuldig. Vielleicht hast du die Güte, mir zu sagen, wer dieser Besuch war?«

»Ein Versicherungsvertreter.«

Sie machte große Augen. »In der Nacht?«

»Komisch, nicht wahr? Aber du sollst ihn herbestellt haben.«

»So? Ich weiß nichts davon. Sollte er während meiner Abwesenheit wieder auftauchen, sag ihm, dass ich ihn mit der Polizei bekannt machen werde, falls er seine nächtlichen Besuche noch mal wiederholen sollte.« Damit ließ sie ihn stehen.

Joachim aber blieb misstrauisch und wachsam.

17

Die Ernte war eingebracht, die Erde wurde umgebrochen und für die Wintersaat vorbereitet. Auf den Wiesen weidete das Vieh, in den Wäldern wurde das Holz geschlagen.

Die Bauern blickten auf eine gute Ernte zurück und sahen sich vorbereitet und gut eingedeckt für den Winter, sie trugen ihre Ährenbündel und Früchte in die Kirche und feierten das Erntedankfest. Es wurde überall geschlachtet und gebacken, denn das Kirchweihfest stand vor der Tür.

Anna freute sich, als ihr eines Tages ihr Bruder die gesamte Buchführung aus der Hand nahm.

»Du hast dich nun lange genug damit geplagt«, sagte er. »Und ich habe dir zugeschaut und den kleinen Bruder gespielt.«

Sie freute sich deshalb darüber, weil er endlich Einblick nicht nur in die mustergültige Wirtschaftsführung, sondern in den Gang und Stand der Wirtschaft überhaupt nahm.

Er war jetzt nicht mehr nur dem Namen nach der Bauer. Er trug jetzt selbst die ganze Verantwortung für den Hof.

Einige Tage nacheinander saßen sie beisammen in der Stube, in der bereits der Ofen brummte, wenn eiskalter Wind um das Haus blies, und machten die Übergabe.

Dann war es so weit, dass er den Schrank absperrte und den Schlüssel zu sich nahm.

»Fällt dir nicht auf, dass die Afra nicht mehr schreibt?«, fragte sie einmal. »Die Arbeit ist doch jetzt nicht mehr so hart, dass sie keine Zeit dazu findet!«

»Kunststück! Ich habe ihr mitgeteilt, dass ich sie und ihre Eltern über Kirchweih für ein paar Tage besuchen werde. Wir werden uns persönlich sagen, was es mitzuteilen gibt.«

»Wirklich?«, rief sie erfreut. »Ja, das tu, Alexander! Sage ihr, dass wir sie nach Weihnachten bei uns erwarten!«

So kam es, dass der Kirchweihsonntag bei den Hofers abermals ohne Bauer gefeiert wurde. Schon am Vortag reiste Alexander mit allen Bestellungen ab, die Anna an die Leute vom Flachland aufgetragen hatte.

Stolz schaute Anna ihrem Bruder nach, als er groß und stämmig, in tadelloser Kleidung und stolzer Haltung durch das herbstliche Land davonschritt.

Da fiel ihr ein, dass er nie mehr den Wunsch nach einem eigenen Auto geäußert hatte. Dabei war er gerade in letzter Zeit häufig weggefahren auf die Märkte und Ausstellungen. Ohne Widerwillen hatte er dazu den Zug oder Omnibus benutzt. War das nicht eigenartig, wenn sie sich daran erinnerte, wie er ihr einmal als junger Bursche damit in den Ohren gelegen hatte? Wollte er auf einmal nicht mehr Auto fahren?

Oder hatte er nur so lange damit gewartet bis er selbst unbeschränkt über Geld und Bankguthaben verfügen konnte? Vielleicht schwebte ihm irgendein teurer Wagen vor und er hatte geglaubt, seine sparsame Schwester würde entsetzt die Hände über dem Kopf zusammenschlagen bei einer solchen Ausgabe.

Sie lächelte bei diesem Gedanken. Sollte er! Der Hofer konnte es sich leisten!

Arme Anna! Während sie sich in diesen Tagen mit solch erfreulichen Gedanken schmeichelte und erwartungsvoll auf seine Rückkehr wartete, um zu hören, was Afra und die Leute vom Schwaigerhof dem jungen Alexander Hofer zu sagen hatten, trieb sich Alexander in München herum. In seiner Begleitung befand sich Sibylle Urban, aufgemacht wie ein Filmstar. Sie umgab und überhäufte ihn mit ihrer Liebe. Er vermochte das Glück nicht zu fassen, das sie ihm bereitete.

Sie wollte sich zunächst ein wenig dagegen wehren, als er ihr das Geld auf den Tisch zählte, womit sie diese unglückliche Verschuldung aus der Welt schaffen sollte, die sie nicht mehr froh werden ließ.

»Wir sind bald verheiratet«, sagte er. »Deine Sorgen sind meine, Sibylle, deine Freuden die meinen.«

»Du weißt ja, dass ich aus der Brauerei ein schönes Erbe zu kriegen habe, ich komme also nicht mit leeren Händen und betrachte das Geld als geborgt.«

Damit war die Sache erledigt.

Sie wohnten im Königshof und schauten von der Veranda herab auf den lebhaften Verkehr auf dem Stachus. Sie genossen das Nachtleben der Stadt, besuchten Tanzlokale und Konzerte.

»Wir werden jedes Jahr ein paar Wochen hier verbringen«, sagte er. »Die Hofers können sich das leisten. Wir wollen keine Bauern sein, die sich im Frühjahr und Sommer abplagen und im Winter hinter dem Ofen sitzen, sondern moderne, lebensnahe Menschen!«

»Es wird dich hier niemand für einen Bauern halten, Alexander!«, bewunderte sie ihn glücklich. »Ich warte nur darauf, bis dich der Kellner einmal als Herr Baron anspricht!«

»Wir sind nicht in Wien, Sibylle!«, lachte er.

»Das könnte dir auch hier passieren. In der Tat, Alexander, wenn man dich so ansieht, man könnte dich dafür halten.«

»Dieses Kompliment kann ich dir zurückgeben und kann nur sagen: Wie schön du bist, Sibylle!«

Er griff nach ihrer Hand und drückte sie.

»Was ist nun aus deinem Backfisch geworden?«, fragte sie plötzlich.

Er runzelte die Stirn. »Du meinst die Afra? – Ich weiß es nicht und wünsche ihr nur, dass sie ebenso glücklich sein könnte wie ich.«

»Weiß sie es?«

Er nickte. »Ich habe ihr geschrieben, das war ich ihr schuldig. Sie ist noch sehr jung und wird mich vergessen.«

»Hat sie geantwortet?«

»Nein.«

»Was wird deine Schwester dazu sagen?«

»Als ob ich nun auch noch meine Schwester fragen müsste, wen ich heiraten darf! Sie wird sich daran gewöhnen müssen. Ich zweifle nicht, dass ihr beide euch einmal vortrefflich verstehen werdet; sie ist nämlich ein guter Mensch, nur ein bisschen verschroben eben. Sie hat in frühester Jugend schon sehr hart arbeiten müssen. Ich hoffe, dass es dir mit deinem Charme bald gelingen wird, ihr Herz zu erobern.«

Daran vermochte sie noch nicht zu glauben und zuckte nur zweifelnd die Schultern.

Als Alexander heimkehrte, fiel Anna sofort Verschiedenes auf an ihm. Er konnte sich schlecht verstellen und wich ihrem Blick aus. Sie merkte sofort, dass etwas mit ihm nicht in Ordnung war.

Es war sehr spät und das Haus lag in nächtlicher Stille. Er ging in seine Kammer, sie hörte seinen unruhigen Schritt.

Da wurde sie von einer bösen Ahnung ergriffen und sah bereits das ganze Gebäude, das sie unter so großen Mühen errichtet hatte, wie ein Kartenhaus zusammenfallen.

Als sie seinen Schritt auf der Treppe hörte, wich sie in den hinteren Teil der Stube zurück, wohin der Lichtschein nur noch spärlich drang. Sie wusste nicht, warum sie floh. Sie hatte Angst vor dem Augenblick, in dem er sprechen würde.

Er betrat die Stube, warf einen unsicheren Blick auf sie und kam langsam auf sie zu.

»Es hat keinen Zweck, den Tatsachen aus dem Weg zu gehen«, begann er dann mit entschlossener Stimme. »Ich werde heiraten, Anna!«

War das alles? Warum schaute er sie nur so scheu und unsicher an? Er wusste doch, dass sie nur darauf wartete, dass Afras Eltern ihre Zustimmung gaben.

»Die Eltern sind also einverstanden?«, fragte sie.

»Welche Eltern?«

»Du sprichst doch von der Afra?«

Er schüttelte den Kopf. »Nein«, sagte er dann.

»Nicht? Du heiratest nicht die Afra?«

»Nein.«

Ihr Gesicht veränderte sich. Es waren Schrecken und Abwehr darin.

»Dann warst du wohl gar nicht auf dem Schwaigerhof?«

»Nein, ich war in München.«

»In München?«, fragte sie tonlos. »Was tust du in München?«

»Ich war dort mit meiner Braut.«

»Wer ist das?«

Einen Augenblick zögerte er noch, dann richtete er sich entschlossen auf: »Sibylle Urban.«

Sie wich zurück, ihr Mund bewegte sich, aber es kam kein Laut hervor.

»Ich hab gewusst, dass du darüber erschrecken wirst«, fuhr er fort. »Aber es ist nun einmal so. Ich kann nichts dafür. Ich liebe diese Frau, wie ich noch keinen Menschen geliebt habe, und würde ich ein anderes Mädchen heiraten, es würde todunglücklich mit mir werden, weil ich doch nur an die andere denken müsste. Du darfst mir glauben, ich habe mit mir selbst gekämpft und gestritten. Ich weiß alles, was du mir vorhalten wirst, dass sie überhaupt keine Bäuerin ist und keine Ahnung von einem Gutshof hat, dass sie ein paar Jahre älter ist als ich, dass man dies und jenes ihr nachsagt. Das alles kann ich mir denken. Aber ich liebe sie.«

Anna musste sich erst fassen. Sie kam sich vor wie zu Boden geschmettert und mit Füßen getreten bei jedem Wort, das er sprach.

»Wie lange geht das schon?«, fragte sie.

»Schon eine ganze Weile.«

»Weiß es die Afra?«

Er nickte. »Ich habe es ihr mitgeteilt.«

»Schuft!«, entfuhr es ihr. »Wie kannst du dich mit diesem Weib einlassen, von dem jeder weiß, dass sie den Otto Urban nur des Geldes und Besitzes wegen geheiratet hat!«

»Das ist nicht wahr!«, schrie er.

»Alles ist wahr!«, überschrie sie ihn. »Man braucht sie ja nur anzusehen! So laufen die leichten Mädchen herum! Nein! Die kommt nicht in unser Haus! Die nicht! Für die habe ich nicht gearbeitet und alle Opfer gebracht! Lieber zünde ich den Hof an!«

»Anna!«

Er packte sie beim Arm und schleuderte sie zurück.

Sie weinte laut auf und floh aus der Stube.

Er hörte sie auf der Treppe, dann fiel eine Tür zu.

Lange stand er mit erregtem Gesicht da und wartete. Aber sie kam nicht mehr zurück. Es blieb alles still. Der Herbstwind klopfte ans Fenster. In diesem Augenblick kam es ihm vor, als wäre es der Geist des toten Vaters, der sich bemerkbar machte.

Aber nun war es gesagt, man musste warten, bis sich die Sturmwogen gelegt hatten, dann erst würde man sprechen können.

Er löschte das Licht und ging leise die Treppe hinauf. An Annas Zimmertür blieb er stehen und horchte. Es war still.

Er klopfte leise an.

Aber es kam keine Antwort. Dann ging er in seine Kammer.

Nun wusste Anna, wo Alexander sich aufhielt, wenn er das Haus verließ und spät in der Nacht oder erst nach mehreren Tagen heimkam. Er war bei Sibylle Urban, trieb sich mit ihr irgendwo im Land oder in der Stadt herum, ehrvergessen und pflichtvergessen. Sie hatte keine Macht mehr über ihn, trotzig ging er über sie hinweg, er fand es nicht einmal mehr nötig, ein zweites Mal mit ihr darüber zu sprechen. Für ihn war die Sache perfekt. Sein Trotz gegen sie und die Meinung der Dorfleute ging sogar so weit, dass er in der Villa der Brauerei ganz unbekümmert, ja sogar herausfordernd seine Besuche machte, sonst hätte es nicht möglich sein können, dass im Dorf bereits das Gerede von einer bevorstehenden Hochzeit zwischen dem jungen Hofer und der Brauereibesitzerswitwe ging. Man konnte sich denken, mit welchem Spott die Neider dieses Gerede würzten. Es mochte freilich auch Leute geben, die es aus ehrlichem Herzen bedauerten.

Und Anna musste sich fragen, wohin sie es nun mit ihrem krankhaften Ehrgeiz gebracht hatte. Sie musste erkennen, dass sie alles falsch gemacht hatte. Es war ein sündhafter Hochmut gewesen, der sie dazu verleitet hatte, aus ihrem kleinen Bruder einen ganz besonderen Menschen machen zu wollen, der alle anderen überragen sollte an Klugheit, Kraft und Leistung. Sie hatte aus ihm einen Hofer formen wollen, wie er ihr in ihrer Eitelkeit vorgeschwebt war. Diesem Hochmut hatte sie bis heute ihr Leben gewidmet, ausschließlich und rücksichtslos.

Jetzt hatte Alexander sich brutal von ihrer Bevormundung befreit. Er ging seinen eigenen Weg. Er hatte kein freundliches Wort mehr für sie, sah in ihr nur noch die Gegnerin, die Widersacherin. Sie lebten wie Fremde nebeneinander her.

In ihrer Verzweiflung schrieb sie an Afra einen langen Brief. Sie klagte sich darin an und bat das betrogene Mädchen um Verzeihung für ihren Bruder.

Dass Afra ihr bald darauf antworten würde, hatte sie nicht erwartet, erst recht nicht, dass es in einer so friedlichen und versöhnlichen Form geschehen würde, mit Worten, die aus einem jungen, starken Herzen kamen. Wie schön musste die Liebe dieses ungewöhnlichen Mädchens gewesen sein, dass es noch die Kraft zum Verzeihen hatte, ja sogar noch ihr, Anna, Trost spenden konnte.

Am liebsten hätte Anna diesen Brief ihrem Bruder in die Hände gespielt, nur damit er erkennen sollte, was er weggeworfen hatte, um mit einem zweifelhaften, verrufenen Frauenzimmer sein Glück zu suchen. Aber sie hätte es als eine Entwürdigung empfunden, wenn er bloß spöttisch seine Mundwinkel herabgezogen hätte. Er hing viel zu tief im Netz dieser Verführerin.

Indessen ging es noch nicht so rasch mit der befürchteten Hochzeit. Man konnte nicht sagen, wer von den beiden die Verzögerung verschuldete. Wer aber Alexander Hofer in seinem eigenwilligen und unaufhaltsamen Temperament so gut kannte wie seine Schwester Anna, der suchte den Grund bei der Frau.

Aber warum zögerte sie? Wollte sie abwarten, bis der gerichtliche Entscheid über die Erbschaftsregelung erfolgt war? Dazu bestand kein Anlass, denn die Hofers waren so gut gestellt, dass man nicht auf eine Mitgift der neuen Bäuerin angewiesen war.

Was veranlasste Sibylle also zu diesem Aufschub? Hatte sie in dem jungen Hofer nur den Geliebten, nicht aber den Ehemann gesucht?

Trotz der Spannung zwischen den beiden Geschwistern, die sich kaum noch ein Wort zu sagen hatten, ging das Leben auf dem Hof unverändert fort. Es wurde gearbeitet, geplant und angebaut. Die Dienstboten verhielten sich abwartend und sahen keinen Grund, aus Dingen, von denen man noch nicht wusste, wie sie sich überhaupt entwickelten, jetzt schon die Konsequenzen zu ziehen.

Alexander verließ häufig am Abend das Haus und kam spät in der Nacht heim. Blieb er einmal daheim, dann machte er die Buchführung. Darauf wurde alles wieder sorgsam in den Schrank eingeschlossen und der Schlüssel abgezogen. Das war allein noch seine Sache.

Es kam auch vor, dass er ein paar Tage verreist war, ohne dass jemand wusste, wo er sich aufhielt.

Aber man konnte es sich denken.

Anna, die ihn heimlich beobachtete, wunderte sich zuweilen über sein düsteres, unzufriedenes Gesicht. Es schien ihn etwas zu bedrücken.

18

So verging der Winter, es kam die Frühjahrsarbeit, die Bestellung der Felder und Wiesen. Das Bauernjahr nahm seinen Anfang und schritt fort mit zunehmender Arbeit. Dann ratterten wieder die Traktoren und Maschinen. Die Heuernte wurde eingebracht und auf den Feldern blühte und reifte das Korn.

Joachim Urban erzählte seiner Mutter, dass der Kerl heute schon wieder dagewesen sei. In letzter Zeit könnte man ihn fast jeden Abend über den hinteren Gehsteig heraufkommen sehen.

»Den Hofer?«

»Nein, den Versicherungsvertreter.«

»Was ist dann mit dem Hofer?«

»Das möchte ich auch wissen!«, knurrte Joachim. »Da soll sich noch einer auskennen! Ich bringe diesen Verdacht nicht los, dass sie mit diesem Fremden schon in Verbindung stand, bevor sie geheiratet hat.«

»Du willst doch nicht sagen, dass sie neben ihrem Mann noch einen anderen gehabt hat?«, fragte die alte Frau entsetzt.

»Solange ich es nicht beweisen kann, darf ich es nicht sagen, Mutter. Es kommt allein darauf an, ob man sie für ein solches Flittchen halten kann. Ich schaue sie dafür an, aber mir sagt man so gern nach, ich sei ein Menschenfeind. Jedenfalls gebe ich keine Ruhe, bis ich hinter ihr Geheimnis gekommen bin. Ein Versicherungsvertreter!« Er lachte spöttisch vor sich hin. »Den Bären kann er einem anderen aufbinden! Mitten in der Nacht steht er vor ihrer Tür, er soll nicht gesehen werden! Darum kommt er den hinteren Weg herauf, wo das ganze Jahr über kein Mensch anzutreffen ist. Sie denken beide nicht daran, dass ich meine Augen überall habe, seit mir der Verdacht gekommen ist. Der junge Hofer wird noch sein blaues Wunder erleben! Dieser Idiot! Kann er denn keine andere finden als ausgerechnet eine Frau wie Sibylle?«

Die alte Frau wurde nachdenklich. »Wenn es so ist, wie du sagst, dann müsste man ihn darauf hinweisen.«

»Vielleicht ich?«

»Ja, du! Dein Vater und der alte Hofer waren gute Freunde. Wir dürfen nicht gleichgültig zulassen, dass der Bursche in sein Unglück rennt!«

Joachim sagte nichts.

»Ist sie daheim?«, fragte die Mutter nach einer Weile.

»Nein, sie ist gegen Abend weggefahren.«

»Allein?«

»Das weiß ich nicht.«

Damit war die Unterredung beendet, aber sie wirkte in den Gedanken beider noch fort.

Die Nacht brachte kaum eine Abkühlung, die Luft blieb föhnig und schwül, der Himmel bewölkte sich. Hinter dem Gebirge zuckte pausenlos fernes Wetterleuchten auf.

Alexander Hofer sprang über den Zaun in den Park, als er sah, dass in der Villa kein Licht war. Er wusste, dass Sibylle ihn an den warmen Sommerabenden in der Laube erwartete. Manchmal hatte sie die Lampe angezündet, manchmal auch nicht, wie es gerade ihrer Laune entsprach. Wenn es so schwül war wie heute, trug sie gewöhnlich nur einen Bikini, da saß sie lieber im Dunkeln.

Er hatte sich jedoch getäuscht. Die Laube war leer. Sie hatten aber doch verabredet, dass er heute kommen sollte! Sie konnte doch nicht schon ins Bett gegangen sein? Er schaute auf die verschlossenen dunklen Fenster, unschlüssig, was er machen sollte. Klopfen? Läuten?

Da hörte er Schritte hinter sich und wandte sich um.

»Du bist es, Joachim?«, fragte er bestürzt. »Was ist los?«

»Komm mit, Alexander.«

»Wohin?«

»Ins Büro.«

»Warum?«

»Ich möchte mit dir etwas besprechen.«

Joachim setzte sich bereits in Bewegung und der junge Hofer folgte ihm verwundert über den breiten Hof hinüber zum Büro. Er wollte fragen, was das zu bedeuten habe, und wagte es doch nicht. Joachims Schweigen beunruhigte ihn. Er wusste, dass er erst sprechen würde, wenn sie an Ort und Stelle waren. Was aber hatte er ihm zu sagen?

Als das Licht aufflammte, schauten sie sich an. Joachim zog am Fenster den Vorhang zu. Es war schwül in dem Raum und es roch nach Malz.

»Sie ist nicht da«, begann Joachim. »Am Abend ist sie weggefahren, wahrscheinlich zu dem anderen.«

»Wie? Zu welchem anderen?«, stieß der junge Hofer erschrocken hervor.

»Ich kenne ihn nicht, aber es gibt ihn. Das muss ich dir heute sagen, die Mutter meint auch, dass wir es den Hofers schuldig sind.«

»Was ist da zu sagen?«, fuhr Alexander auf. »Ich bin kein Kind mehr, Joachim, das man auf dem Arm tragen oder führen muss, damit es nicht in die Pfütze fällt!«

»Du bist ein Idiot, Alexander!«

»Willst du mich nur beleidigen? Hast du mich deshalb hierhergeführt? Dir kann es doch wahrlich gleich sein, ob es ich bin oder ein anderer, der deine Schwägerin heiratet!«

»Nein, das ist mir eben nicht gleich!«, erwiderte Joachim scharf.

»Wolltest du sie gar selbst haben?«, höhnte Alexander. »Es gibt keinen Frauenfeind, der nicht wenigstens einmal aus seiner Rolle fällt!«

»Wenn ich dich einen Idioten nenne, dann bist du beleidigt. Aber nun redest du, als wärst du wirklich einer! Ein dummer, eingebildeter Junge bist du, der sich nichts sagen lassen will!«

»Hat Anna dich dazu beauftragt?«

»Deine Schwester lass besser aus dem Spiel, wenn du schon keinen Respekt mehr vor ihr hast. Wenn ich dich auf deine Dummheit aufmerksam mache, tu ich es nur im Auftrag meiner Mutter, die dich nicht in dein Unglück laufen lassen will. Wenn du mir nicht glauben willst, dass du von Sibylle nur betrogen wirst, wie auch schon mein Bruder von ihr betrogen wurde, dann überzeug dich selbst, solange es noch nicht zu spät ist!«

Joachims Gesicht blieb unverändert hart und düster. Man sah ihm die Erregung nicht an. Alexander dagegen brachte alle seine Gesichtsmuskeln in Bewegung, er wurde sogar bleicher.

»Du bist ein erbärmlicher Lügner, Joachim! Ein Erbschleicher, ein Menschenhasser!«, hauchte er erregt mit zusammengekniffenen Augen. »Bitte, hör auf mit solchen Reden, sonst könnte mir die Geduld reißen!«

Joachim blieb ungerührt. »Stell dich einmal versteckt im Gebüsch unten am hinteren Weg auf die Lauer, morgen, übermorgen, jeden Tag, wenn es dunkel geworden ist. Wenn du nicht einem Mann begegnest, der sich unbemerkt ihrer Wohnung nähert und eingelassen wird, dann kannst du mich einen Lügner nennen. Du darfst mich sogar ins Gesicht schlagen. Mehr habe ich dir nicht zu sagen.«

Er löschte das Licht, hielt die Tür auf und ließ den jungen Hofer hinausgehen.

Während er die Tür zusperrte, machte Alexander sich lautlos davon.

Seit dem Gespräch war keine Woche vergangen, da stieg über den schmalen, von kriechendem Gestrüpp verwachsenen Fußweg Alexander Hofer zum Wohnhaus der Brauerei hinauf. Es war dunkler als sonst um diese Zeit; denn der Himmel war bewölkt und ein leichter Regen ging nieder.

Im Büro brannte noch Licht. Joachim schien noch zu arbeiten. Auch im Wohnhaus gab es noch ein paar beleuchtete Fenster, unten und oben. Alexander stand hinter der Umfriedung. Er hörte, wie fast lautlos die Tür geöffnet und geschlossen wurde, einen Augenblick lang war ein schwacher Lichtschein auf den dunklen Vorplatz gefallen.

Dann war es wieder so still wie zuvor. Der leichte Regen raschelte auf das Laub der Bäume.

Der junge Hofer schaute auf das beleuchtete Fenster, das mit Gardinen verhängt war. Einmal glaubte er, einen Schatten daran vorbeihuschen zu sehen. Er befand sich in einer verbitterten Stimmung; nagende Eifersucht und versengende Wut brachten ihn um Vernunft und Überlegung.

Bis hierher vor das Tor hatte er den Mann unbemerkt verfolgt, immer noch in der Hoffnung, dass er an diesem Haus vorbeigehen und auf der Fahrstraße wieder dem Tal zu wandern würde, vielleicht nur um spazieren zu gehen.

Er schaute hinüber auf das Licht im Büro, dachte an das derbe, sommersprossige Gesicht von Joachim und wie es sich spöttisch verziehen würde, könnte er ihn hier im Regen und in seiner Blamage und Wut stehen sehen.

»Was sagst du nun, junger Hofer?«, hörte er ihn lästern. »Wer von uns beiden ist der Trottel? Der Idiot?«

Der Regen raschelte auf das Laub der Bäume, er tropfte ihm ins heiße Gesicht.

»Blamage!«, knirschte er und sprang über den Zaun. Dann stand er vor der Tür und drückte lautlos die Klinke nieder.

Die Tür war versperrt. Hatte er etwas anderes erwartet?

Er drückte auf den Klingelknopf und hörte das Läuten. Als nicht gleich geöffnet wurde, läutete er wieder und länger.

Dann waren Schritte im Gang zu hören, das Schloss knackte und die Tür ging auf.

Sibylle stand vor ihm, schaute ihn verwundert an und lächelte dann erfreut.

Wie falsch sie ist!, dachte er.

»Ich hab dich heut nicht erwartet, desto freudiger ist die Überraschung!«, flüsterte sie.

Er folgte ihr ins Wohnzimmer und wunderte sich über ihre Unbefangenheit.

Das Zimmer war leer. Sein Blick streifte suchend umher, überflog den Tisch, ob nicht etwas zu endecken wäre, wodurch sich der verschwundene Gast verriet.

Sie bemerkte, dass er in dem weitläufigen Wohnraum herumsuchte, und erkannte seine Unruhe, seinen Verdacht.

»Was ist denn?«, fragte sie.

»Du hast doch Besuch?«

»Ich? Nein.«

»Lüg mich jetzt nicht an, Sibylle! Du hast Besuch!« Es klang wie eine Drohung.

»Wenn ich dir sage, dass ich allein bin, gibt es da etwas zu bezweifeln? Ich wüsste nicht, woher er gekommen sein sollte.«

»Durch die Tür wie ich und du hast ihm aufgemacht wie mir!«

»Bist du verrückt?«

Er schritt auf die Tür zu, die ins Schlafzimmer führte.

Sie vertrat ihm den Weg. »Untersteh dich!«

»Aha!«, rief er und stieß sie beiseite. Die Tür flog auf, das Zimmer war dunkel. Er tastete nach dem Schalter und machte Licht. Es war niemand da, aber das Fenster stand offen, der Vorhang war in Unordnung. Er ging darauf zu und schaute hinaus in den dunklen Park.

»Was meinst du, wie schnell ich ihn jetzt hätte, wenn ich ein Polizeihund wäre«, höhnte er.

»Vielleicht willst du mir endlich sagen, was das alles zu bedeuten hat?« Sie spielte jetzt die Empörte und Verletzte.

»Ich will wissen, wer bei dir war! Du kannst mich nicht belügen, wie du deinen verstorbenen Mann belogen hast! Ich war hinter ihm her, als er über den Weg heraufschlich. Genügt dir das?«

Einen Augenblick schien es, als wollte sie unter der Wucht dieses Beweises zusammenbrechen, aber dann hatte sie sich gleich wieder in der Gewalt.

»Bist du eine solch erbärmliche Kreatur, die auf Schleichwegen die Schritte einer Frau überwacht? Und wenn ich dir sage, dass ich mit diesem Mann nichts zu tun habe, glaubst du mir dann?«

»Nein.«

»Eben!«

»Was heißt das?«

»Dass du eben doch nur ein Bauer bist, von dem es heißt, dass er bloß frisst, was er kennt!«

»Du willst mich auch noch verhöhnen?«, brüllte er. »Überspann den Bogen nicht! Ich warne dich!«

»Bitte, schrei nicht so! Es sind noch Leute im Haus!«

»Sie können es ruhig hören, sie haben dich eher durchschaut als ich Tölpel! Ich verlange von dir Wahrheit und Rechenschaft!«

»Mit welchem Recht? Was geht es dich an, dass mich jemand besucht, von dem du nicht einmal weißt, was er mit mir zu tun hatte?«

»Wenn sein Besuch so harmlos gewesen wäre, dann müsste er nicht gleich aus dem Fenster flüchten, nur weil er mich an der Tür hört!«

»Weil ich deine Eifersüchteleien kenne und allmählich genug habe davon!«

»Ich glaube dir kein Wort mehr, Sibylle! Was meinst du, was nun passieren soll?«

»Das musst du wissen!«

»Ach so!«

Mit irren Augen schaute er sie an und stellte fest, dass sie plötzlich ein ganz anderes Gesicht zeigte, ein zweites Gesicht, das sie bis heute vor ihm verborgen hatte. Beinahe bekam Alexander Angst vor ihr, denn ihr Ausdruck war plötzlich niederträchtig und eiskalt.

»Pfui Teufel!«, knirschte er.

»Entweder bist du besoffen oder verrückt! Ich habe keine Lust, mich mit einem Betrunkenen oder mit einem Wahnsinnigen zu unterhalten. Geh heim zu deiner Schwester und lass dich von ihr noch einmal trockenlegen!«

Das war zu viel, diese Beleidigung ertrug er nicht mehr. Er packte sie am Arm und erhob die Faust, aber im letzten Augenblick besann er sich und schleuderte sie von sich, so dass sie aufschreiend gegen die Wand schlug.

Nur keinen Mord!, schoss es ihm durch den verstörten Sinn. Er floh.

Immer noch fiel der Regen. Seinen Hut hatte er zurückgelassen. Der Regen durchnässte sein Haar, das Wasser rann ihm über die Stirn. So ging er durch die Nacht.

Alles war nur ein Traum gewesen. Die Sibylle, die er mit allem, was in ihm lebte, geliebt hatte, gab es in Wirklichkeit nicht. Es hatte sie nie gegeben. Er hatte nur nach seiner eigenen Phantasie und Vorstellung ein Bild von ihr gestaltet. Er hatte sich selbst belogen. Nun überkamen ihn ehrliche Reue und Ekel.

»Afra!«, stöhnte er, und hätte er sich in diesem Augenblick nicht selbst verachtet, wäre er in Tränen ausgebrochen über all das verlorene Schöne.

Er kam erst spät in der Nacht völlig durchnässt heim. Alles war dunkel.

Er stand in der großen Stube und horchte in die Stille des Hauses. Draußen gluckste und tropfte das Wasser vom Dach.

Er wusste nicht, wie lange er so dastand, angelehnt an die kühlen Kacheln des Ofens, vergeblich darum bemüht, einen vernünftigen Gedanken zu fassen. Das Wasser, das aus seiner durchnässten Kleidung tropfte, hatte sich am Boden gesammelt und sickerte als dünnes Bächlein in die Fugen der Holzbohlen.

Da öffnete sich fast lautlos die Tür. Anna, die ihn hatte kommen hören und dann vergeblich darauf gewartet hatte, dass er seine Kammer aufsuchte, war aufgestanden und hatte sich schnell einen Morgenmantel übergezogen. Sie war von einer plötzlichen Unruhe befallen worden.

Sie erschrak, als sie ihn in dieser Verfassung und Verstörtheit am Ofen lehnen sah.

Er beachtete sie nicht.

»Was ist mit dir?«, fragte sie. Sie hatte Mitleid mit ihm.

»Es ist vorbei, Anna«, sagte er, ohne sie anzusehen, ohne sich zu wundern, dass sie plötzlich da war.

»Was ist vorbei?«

»Ich habe es schon seit einigen Tagen geahnt und wollte es nur nicht wahrhaben. Sie hat mich vor mir selbst zum Gespött gemacht. Ich weiß nicht, welcher gute Geist mich davor bewahrt hat, sie auf der Stelle umzubringen. Ich wollte es tun, nachdem sie sich über mich lustig gemacht hatte, über den Hof, über dich und mich. Es hat mir schon in den Fingern gezuckt, ich sah ihren Hals und es trieb mich dazu, ihn zu umkrallen und zu würgen. Dann habe ich es doch nicht getan.«

»Alexander! Um Gottes willen! Was redest du da? Bist du denn wahnsinnig?« Sie griff nach ihm und rüttelte ihn, als müsste sie ihn aus einem Delirium aufwecken.

Er schüttelte den Kopf. Dann griff er in die Tasche, zog einen Schlüssel hervor und sperrte den Schrank auf. Darauf brachte er alles zum Tisch: die Buchführung, die gehefteten Bankauszüge und Vermögensunterlagen.

»Hier! Nimm das alles wieder an dich, Anna, den Hof, die Wirtschaft, alles! Du allein bist würdig, den Hof zu führen und zu besitzen. Ich bin nur ein windiger Schurke und hätte ihn womöglich verludert.«

Er stützte die Hände auf dem Tisch auf, das Haar fiel ihm wirr und zerzaust in die Stirn. Er bot ein Bild völliger Verzweiflung.

Anna stand fassungslos dabei, schaute voller Angst in sein verwandeltes Gesicht, das sie bis heute noch nicht so gesehen hatte und von dem sie nicht wusste, welche inneren Vorgänge und Entschlüsse es verriet. Sie ahnte nur, dass es schreckliche Gedanken sein mussten, die ihn beherrschten.

»Was ist geschehen, Alexander? Sprich es aus!«, sagte sie.

»Ich habe dich betrogen, den Hof, mich selbst!«, stieß er hervor. »Wenn du die Konten prüfst, wirst du dich fragen: Wo kam das Geld hin? Wie kommt es auf einmal zu diesem Verlust? Ich habe das Geld veruntreut! Ich! – Ich habe Sibylle das Geld gegeben im guten Glauben, ihr aus Ungelegenheiten helfen zu müssen! Dabei floss es ihrem heimlichen, unbekannten Freund zu! Anna!«, schrie er plötzlich verzweifelt auf. »Man hat mich betrogen! Dafür werde ich noch verhöhnt!«

Sie trat auf ihn zu und legte ihm die Hand auf seine Schulter.

»Was auch gewesen sein mag, Alexander, es ist vorbei! Wir werden den Verlust ausgleichen, er mag noch so groß sein!«

Er schüttelte ihre Hand ab und warf sich herum.

»Nein, es ist nicht vorbei!«, schrie er. »Noch nicht ganz! Es fehlt noch die Abrechnung! Die werde ich mir nicht nehmen lassen, auch wenn ich ein Leben lang im Zuchthaus sitzen muss!«

»Alexander!«, schrie sie entsetzt auf. »Denk an den Vater, an deinen Namen! Denk an den Hof und seine Zukunft!«

Er spielte erregt mit dem Schrankschlüssel in seiner Hand, den er plötzlich heftig auf den Tisch warf.

»Hier! Ich habe verspielt! Wir wollen nichts beschönigen; denn ich bin ein Betrüger! Du brauchst mir nicht zu verzeihen, Anna, aber nimm den Hof wieder an dich! Nur du wirst ihn wieder zu Ehren bringen!«

Damit ging er hinaus.

Sie hörte ihn auf der knarrenden Treppe, dann fiel die Tür seiner Kammer ins Schloss.

Sie stand da und schaute völlig verwirrt auf die Unterlagen auf dem Tisch, die er ihr in seiner Selbstverachtung zurückgegeben hatte. Natürlich wollte sie ihm helfen, alles wieder in Ordnung zu bringen, vor allem sein völlig zerrüttetes und zerstörtes Gemüt. Der einzig tröstliche Gedanke daran war: Es ist vorbei! Vorbei diese Verrücktheit nach dieser zweifelhaften Person, die ihn unentrinnbar in ihre

Netze verstrickt hatte. Aber es blieb die Furcht vor seinem Temperament, vor seiner Leidenschaftlichkeit. Er wusste nicht mehr, was er tat.

Seine leidenschaftliche Liebe war in einen ebenso leidenschaftlichen Hass umgeschlagen, das hatte Anna erkannt und deshalb fürchtete sie sich. Sie musste wieder Einfluss auf ihn gewinnen, er musste ihr wieder vertrauen wie früher. Dann wurde gewiss alles wieder gut.

Ihr erster Gedanke war, dass sie mit dieser Frau sprechen und ihr darlegen musste, in welche gefährliche Verfassung sie ihren Bruder gebracht hatte. Sie musste sie dazu bringen, für eine Zeit den Ort zu verlassen, selbst wenn sie ihr das Geld dazu geben müsste. Die Hauptsache war, dass sie unauffindbar blieb, bis sich sein Gemüt beruhigt hatte und die Vernunft wieder Oberhand gewann.

Ihr zweiter Gedanke war die Afra. Sie müsste jetzt hier sein. Alexander und Afra sollten sich wieder sehen. Das musste sie irgendwie erreichen.

Er hatte sie geliebt, das stand doch außer allem Zweifel.

Ob sie aber kommen würde? Und was ihre Eltern dazu sagten?

Anna räumte die Sachen in den Schrank und sperrte ab. Es war still im Haus, trotzdem wagte sie noch nicht, in ihr Bett zurückzukehren. Sie könnte jetzt ja doch nicht schlafen und würde in einem fort horchen, ob sie ihn nicht plötzlich fortgehen hörte.

Sie öffnete das Fenster. Der Regen hatte inzwischen aufgehört, die Wolken waren aufgebrochen und am Himmel blitzten bereits einzelne Sterne. Von den Bäumen und vom Dach tropfte noch das Wasser.

19

Es vergingen ein paar Tage, ohne dass etwas geschah. Auf dem Hof bei den Hofers ging man seiner Arbeit nach wie sonst auch. Das Wetter war wieder schön geworden. Man hackte und pflegte die Erdfrüchte, bevor man mit der Getreideernte begann.

Alexander zog mit den Leuten hinaus auf die Felder. Niemand hatte eine Ahnung davon, was in ihm vorging. Er war wohl etwas schweigsamer und zerstreuter als sonst, gab aber nichts zu erkennen.

Nur Anna beobachtete ihn mit besonderer Aufmerksamkeit. Vor allem wachte sie streng darüber, wohin er ging, wenn er das Haus verließ. Und am Abend sorgte sie dafür, dass er zu ihr in die Stube kam und mit ihr zusammenblieb, bis sie ins Bett gingen. Sie sprach mit ihm nur über die Arbeit und die Vorgänge auf dem Hof. Sie hütete sich, ihn auch nur mit einem einzigen Wort an das erlittene Unglück zu erinnern.

Er antwortete ihr nur kurz oder gar nicht. Er blieb zerstreut, zerfahren und verschlossen. Sie stellte fest, dass er ständig sein stehendes Messer bei sich trug, das lange Zeit unbenutzt herumgelegen hatte. Sie wusste nicht, warum es ihr auffiel und warum es sie beunruhigte.

Aber sie konnte es ihm nicht wegnehmen wie einem Kind. Außerdem fürchtete sie sich davor, ihren schrecklichen Gedanken zu verraten. Er sollte nicht wissen, dass sie sich fürchtete. Er soll sehen, dass sie ihm ihr Vertrauen schenkte.

Da kam ein Brief für ihn. Er war von Sibylle Urban. Ihre erste Überlegung war, den Brief zu vernichten und zu verschweigen; denn er konnte nichts anderes als neues Unheil stiften. Bei längerem Nachdenken jedoch musste sie erkennen, dass sie damit einen Betrug begehen würde, der sich in ihrem Verhältnis zueinander noch schrecklicher auswirken könnte, wenn er doch einmal davon erführe. Dann wäre es vorbei mit seinem Vertrauen zu ihr.

Sie entschloss sich also, ihm den Brief zu geben, er mochte ihn lesen oder nicht. Sie hoffte, dass er darauf so reagieren würde, wie sie es erwartete.

Und am Abend reichte sie ihm schweigend den Brief.

Er schaute darauf nieder wie auf einen Gegenstand, vor dem man sich ekelt. Sie erwartete, dass er ihn ungelesen in Fetzen zerriss.

Aber dann riss er den Umschlag auf und fing an zu lesen. Sie beobachtete sein Gesicht. Es blieb dabei ohne Regung und gänzlich ausdruckslos folgten die Augen den Zeilen, als könnte ihn nichts mehr berühren.

Er steckte den Brief in den Umschlag zurück, ohne ein Wort zu sprechen.

Ihre Blicke begegneten sich schweigend und er warf ihr den Brief zu.

»Was ist damit?«

»Lies selbst!«

Da holte sie den Brief hervor und begann zu lesen:

»Liebster! Ich meine, nach unserer letzten Begegnung haben wir beide eine offene Aussprache nötig. Wir waren beide überreizt und wollten uns gegenseitig quälen. Ich weiß, dass ich dir die volle Wahrheit schuldig bin und habe mich entschlossen, dir alles zu erzählen, was ich in Furcht und Scheu zu verbergen versuchte. Diese Feigheit hat mich an dir zur Betrügerin gemacht. Ich habe noch keinen Mann so geliebt wie dich und solltest du mich von dir stoßen, muss ich es akzeptieren; denn ich trage die Schuld daran. Ich erwarte dich an einem Abend, an dem es dir passt, und bleibe so lange zu Hause. Deine dich liebende Sibylle.«

Anna gab ihm schweigend den Brief zurück, aber er warf ihn gleichgültig beiseite.

»Wirst du zu ihr gehen?«, wagte sie zu fragen.

»Nein!«

Aber schon am folgenden Abend kam Alexander nicht wie sonst zu ihr in die Stube. Anna wartete, bis es dunkel zu werden begann, dann ging sie die Treppe hinauf und schaute in seine Kammer. Sie wunderte sich, dass er heute schon so früh und ohne etwas zu sagen, ins Bett gegangen war.

Aber die Kammer war leer und das Bett unberührt. Das Fenster stand weit offen, kühl drang die Nachtluft ein und bewegte den Vorhang.

Sie wurde von einer schrecklichen Angst gepackt. Sie sah sich suchend in der Kammer um, aber sie fand nichts, was sie hätte beruhigen können.

Auf der Treppe begegnete sie dem alten Knecht, der eben schlafen gehen wollte.

»Weißt du, wo der Alexander ist?«

Der Knecht verneinte. »Er ist am Abend weggegangen.«

»Wohin?«

Der Knecht zuckte die Schultern. »Vielleicht ins Dorf.«

Sie nickte zerstreut. »Schlaf gut!«

»Gute Nacht, Bäuerin!«

Anna ging in die Stube und wartete. Sie machte Licht und schaute auf die Uhr. Ihre Angst wuchs immer stärker an. Alexander Hofer, der Erbe, das musste sie immerzu denken. Aber er musste das doch auch im Kopf behalten. Aber war er denn überhaupt noch in der Lage dazu? Was war in ihm vorgegangen, als er den Brief las und von sich warf, als hätte er sich daran verbrannt? Wenn er den Vorsatz gefasst hätte, die Frau zu töten?

Sie wollte nicht daran glauben, brachte aber diesen furchtbaren Gedanken nicht mehr los. Er bekam immer mehr Gewalt über sie, bis sie sich ein Tuch um die Schultern warf und das Haus verließ.

Es war Nacht geworden, der Himmel war sternenklar. Anna sah vom Höhenweg hinab auf die Lichter des Dorfes. Sie lief schnell und meinte bei jedem Strauch, der aus der Nacht auftauchte, jetzt müsste Alexander ihr entgegenkommen.

Sie stieg zur Brauerei hinauf und näherte sich der stillen Villa. Im Büro der Brauerei brannte noch Licht, in der Villa war nur ein Fenster im oberen Stockwerk beleuchtet. Unten war alles dunkel.

Aber aus dem Park schimmerte ein Licht. Dort musste jemand zu finden sein. Sie näherte sich leise der Stelle, darauf horchend, ob Stimmen zu vernehmen wären.

Es war unheimlich still. Durch das Laub schimmerte Licht. Anna versuchte, einen Blick durch die Zweige in die Laube zu werfen. Sie meinte, sie müsste doch etwas hören oder sehen von Menschen, wenn schon ein Licht brannte.

Da schaute sie vorsichtig durch die Türöffnung hinein. Auf dem Tisch stand ein halb geleertes Weinglas, davor lag in einem Sessel, den Rücken ihr zugewandt, Sibylle Urban. Anna erkannte sie an ihrem gefärbten Haar, nur ein wenig schimmerte das Weiß ihres Kleides hinter dem breiten Gartensessel hervor. Sie rührte sich nicht und schlief offenbar. Ihren Kopf hatte sie auf die Sessellehne gelegt.

Sie war allein. Mehr wollte Anna nicht wissen. Ihr Bruder war also nicht bei ihr.

Heimlich schlich sie sich wieder aus dem Park. Als sie daheim ankam, schaute sie sogleich in die Kammer ihres Bruders. Er war nicht da. Das Bett war unberührt, die Fenster standen offen, nichts hatte sich geändert.

Sie beschloss auf ihn zu warten.

Aber es wurde Mitternacht, bis er endlich kam. Er

betrat die Stube und warf den Hut beiseite. Sein Gesicht war gerötet von der kühlen Nachtluft.

Er schien sich nicht darüber zu wundern, dass sie noch auf war. Mit einem lautlosen Seufzer setzte er sich und fuhr sich mit gespreizten Fingern durchs Haar.

»Wo warst du denn so lange?«, fragte sie.

»Im Dorf. Beim Weidhauser gab es Schwierigkeiten beim Kalben. Es ist die beste Kuh in seinem Stall, sie wäre beinahe verendet. Der Tierarzt konnte nicht erreicht werden. Sie haben die Magd nach mir geschickt.«

»Davon weiß ich gar nichts!«, staunte sie.

»Ich hab die Magd draußen getroffen, es war auch keine Zeit mehr, um noch jemandem Bescheid zu sagen.«

Sie wollte ihm nicht glauben. »Und?«

»Es hat bis jetzt gedauert, aber wir haben es geschafft. Natürlich wird der Tierarzt noch zu tun haben. Es gibt Verletzungen.«

Sie blickte auf seine Finger und entdeckte tatsächlich daran einen Blutfleck. Sie erschrak.

Er merkte es. »Was hast du?«

»Du hast noch Blut an der Hand!«

»Das kann schon sein; ich hab mich bloß oberflächlich gewaschen.«

Er stand auf und wollte hinausgehen, um sich zu waschen.

Sie bemerkte, dass er sein Messer nicht bei sich trug; der Beingriff ragte normalerweise über die Taschennaht hervor.

»Wo hast du denn dein Messer?«, fragte sie, als er zurückkam.

Er griff an seine Tasche. »Verdammt – ja! Ich hab es vorhin gebraucht, um einen Strick abzuschneiden. Hoffentlich gerät es ihnen nicht in das Futter oder in die Streu!«

So echt das alles klang, sie konnte ihm einfach nicht glauben.

Anna verbrachte eine unruhige Nacht. Sie sah Sibylle Urban vor sich in der beleuchteten Laube sitzen, den Kopf weit zurückgelehnt wie ein Mensch, der tief eingeschlafen war. Sie hatte nichts davon bemerkt, dass jemand in ihre Nähe gekommen war. Wenn Alexander nun doch später noch zu ihr gegangen wäre und in seiner Verbitterung und seinem Hass alle Vernunft verloren hätte? Sie hatte ihn ausgenutzt und verspottet, in seiner Gutgläubigkeit betrogen. Er hatte ihr das viele Geld zugesteckt, das in zehn Jahren nicht gespart werden konnte. Sie hatte ihn erniedrigt …

Erst gegen Morgen schlief Anna erschöpft für kurze Zeit ein.

Die Dienstboten waren bereits zur Arbeit ausgerückt. Nur im Stall polterten noch das Melkgeschirr und der Milchkarren. Alexander war spät aufgestanden. Er saß bei Anna in der Küche und aß sein Frühstück.

Da sah er durch das Fenster einen fremden Mann auf das Haus zukommen. Es war kein Händler, vielmehr konnte man ihn für einen Milchkontrolleur oder für den Gerichtsvollzieher halten. Er musste in dem grauen Volkswagen gekommen sein, der bei der Einfahrt geparkt war.

»Wer kommt denn da schon zu uns?«, fragte Alexander und runzelte die Stirn.

Anna trat ans Fenster. Es war ein Fremder in gut sitzendem Anzug, mit hartem Gesicht und einem runden Hut auf dem Kopf, der einige Beulen zeigte.

»Ist das einer von der Polizei?«, fragte sie ahnungsvoll.

»Was hat die Polizei bei uns zu tun? Außerdem trägt die Polizei Uniform!«

»Nicht immer! Es gibt auch die Kriminalpolizei, die trägt Zivil!«

»Du bist aber komisch, Anna!«

Sie ging jetzt hinaus, denn sie hörte den Mann bereits an der Tür.

Alexander folgte ihr.

Der Fremde tippte mit der Hand grüßend an seine Hutkrempe.

»Ich möchte zu den Geschwistern Hofer.«

»Das sind wir«, entgegnete Anna und fühlte, wie der Mann sie beide fest in den Blick nahm.

Er griff in die Tasche und zeigte ihnen seinen Dienstausweis.

»Inspektor Heck vom Morddezernat.«

Anna wollte das Herz stillstehen, in ihren Adern staute sich das Blut. Sie musste ihre ganze Kraft aufbieten, um den Mann in die Stube führen zu können.

»Brauchen Sie mich auch, Herr Inspektor?«, fragte Alexander. »Wir fangen nämlich heut mit dem Kornschnitt an.«

»Es tut mir Leid, wenn ich Sie aufhalten muss, aber Sie müssen mir zuerst einige Fragen beantworten!«

»Gern, wenn ich kann.«

Der Inspektor legte den Hut ab und gab seinen völlig kahlen Kopf der Betrachtung preis. Darauf fingerte er sein Notizbuch aus der Tasche und zückte den Kugelschreiber. Die Geschwister behielt er die ganze Zeit im Auge.

Anna hatte sich hingesetzt. Ihr Gesicht wurde fahl.

»Ist Ihnen nicht gut?«, fragte dere Inspektor.

»O doch!«

»Was ist denn überhaupt los?«, fragte Alexander. »Darf man das endlich erfahren?«

»Moment! Sie werden es gleich hören. In welchem Verhältnis standen Sie zu Frau Sibylle Urban?«

»Ich?« Alexander kam in Verlegenheit.

»Waren Sie mit ihr verlobt?«

»Ja und nein, unser Verhältnis hat sich gelöst.«

»Aber Sie waren mit ihr verlobt?«

Nach einigem Zögern bejahte es der junge Hofer.

»Wo waren Sie gestern Abend, Herr Hofer? Daheim?«

»Nein, ich war beim Weidhauser und habe ihm beim Kalben einer Kuh geholfen.«

»Wie lange?«

Alexander besann sich. »Es wird gegen halb acht gewesen sein, als die Magd angerannt kam, und dauerte bis Mitternacht oder gar darüber. Das weiß ich nicht genau.«

»So lange?«, wunderte sich der Inspektor.

»Es hat Komplikationen gegeben und der Tierarzt konnte nicht erreicht werden.«

»Um welche Zeit waren Sie in der Brauerei, das heißt, im Park der Villa?«

»Ich habe die Brauerei und den Park der Villa nicht betreten, schon seit zehn Tagen nicht mehr.«

»Wir kommen schneller voran, Herr Hofer, wenn Sie mir die Wahrheit sagen, außerdem kommen Sie viel besser dabei weg!«

»Glauben Sie denn, dass ich lüge?«

»Wir haben einen Polizeihund angesetzt, er nahm die Spur auf und folgte ihr bis vor Ihr Haus.«

»Dann hat sich Ihr Polizeihund schwer geirrt, Herr Inspektor. Es tut mir Leid, wenn ich Ihnen das sagen muss.«

»Der Hund hat vielleicht meine Spur verfolgt«, mischte sich jetzt Anna ein und rang nach Atem.

Sie wurde von dem Beamten scharf beobachtet. »Sie waren dort?«

»Ja.«

Alexander schaute seine Schwester völlig entgeistert an.

»Wann war das?«

Anna sagte die Zeit, soweit sie sich daran erinnern konnte.

»Was taten Sie dort?«

Sie zögerte eine Weile, berichtete aber dann wahrheitsgetreu, was sie dazu bewogen hatte, nach ihrem Bruder zu suchen. Sie schilderte ihre Angst, er könnte eine Unbesonnenheit begehen. Er war der

Träger des Namens und der Erbe der Hofers. Sie wollte und musste verhindern, dass er sich zu einer solchen Untat hinreißen ließ.

»Als ich leise an die Gartenlaube herantrat und nichts hörte und nur den Schein des Lichtes sah, versuchte ich einen Blick durch den Eingang zu richten«, schloss sie. »Ich sah die Frau allein. Sie lag in ihrem Sessel zurückgelehnt und schlief. Dann machte ich mich gleich wieder davon, ohne von jemandem gesehen worden zu sein.«

»Frau Sibylle Urban wurde in den frühen Morgenstunden in der Laube mit durchstochenem Herzen ermordet aufgefunden«, berichtete jetzt der Inspektor und klappte sein Buch zu. Sein Blick wanderte dann aufmerksam zwischen den beiden Geschwistern hin und her.

Während Alexander völlig ruhig und gleichgültig schien, wurde Anna von einem Schauer geschüttelt.

»Ich muss Sie nun beide bitten mitzukommen«, sagte der Beamte.

»Soll das vielleicht eine Verhaftung sein?«, trotzte Alexander.

»O nein, aber Sie werden verstehen, dass wir Ihre Angaben überprüfen müssen. Solange müssen Sie sich meine Gesellschaft schon gefallen lassen.«

20

Es war ein lückenloses Alibi, das Alexander Hofer nachweisen konnte, leider erfuhr Anna von seiner Freilassung nichts mehr, denn die Geschwister wurden getrennt verhört. Während Alexander gleich auf den Hof zurückkehrte, blieb Anna in Untersuchungshaft. Sie hatte sich bei den Verhören in Widersprüche verstrickt, nicht, dass sie absichtlich falsch ausgesagt hatte, aber sie war durch die Aufregungen in diesen Tagen oft so durcheinandergeraten, dass sie überhaupt nicht mehr genau wusste, was sie vorher geantwortet hatte. Und wenn ihr bei dem Gedanken an die Schreckenstat und ihre Folgen das Denkvermögen aussetzen wollte, verfiel sie in ein Schweigen, dem sie kein Mensch mehr zu entreißen vermochte.

Als der Untersuchungsrichter fragte, ob sie in der Tat befürchtet habe, dass ihr Bruder an Frau Urban einen Mord begehen könnte, antwortete sie nur:

»Er war in einer schrecklichen Verfassung.«

Eine weitere Frage lautete: »Würden Sie seinen Mord auf sich nehmen, um Ihren Bruder vor derselben Tat zu bewahren?«

»Ich kann nicht morden!«

»Nehmen wir an, Sie hätten nur die Wahl, entweder die Frau selbst zu töten oder Ihren Bruder die Tat begehen zu lassen. Würden Sie dann zum Messer greifen?«

Jetzt wusste sie, dass sie unter Mordverdacht stand. Trotzdem sagte sie ja.

Die Untersuchung der Leiche hatte ergeben, dass keinerlei Kampf und Gegenwehr stattgefunden hatte. Der Mörder musste sein Opfer völlig überrascht haben. Womöglich war Sibylle Urban wirklich in der Laube eingeschlafen. Der Messerstich ging mitten durch ihr Herz. Sie musste augenblicklich tot gewesen sein.

Anna war eine kräftige, muskulöse Natur. Sie hätte einen solchen Stoß ausführen können. Die Mordwaffe wurde nicht gefunden, ebenso konnten keinerlei Fingerabdrücke festgestellt werden.

Es blieb natürlich weiterhin die psychologische Frage offen, ob diese Anna Hofer überhaupt dazu fähig war, einen Menschen zu töten. Man musste herausbringen, bis zu welcher Grenze sich der Hass in Leidenschaft steigern ließ. Das war eine Sache langwieriger Untersuchungen.

Die Wohnung der Ermordeten wurde gründlich nach allen eventuellen Spuren durchstöbert. Es wurde nichts gefunden, was mit der Tat und mit dem Täter in irgendeine Verbindung gebracht werden konnte.

Auch Joachim Urban wurde lange und ausführlich verhört. Man wusste, dass zwischen ihm und seiner Schwägerin Erbstreitigkeiten herrschten, die zur persönlichen Feindschaft geführt hatten. Auch hieraus ließ sich eventuell ein Tatmotiv ableiten. Aber wie Alexander Hofer konnte auch Joachim Urban ein lückenloses Alibi nachweisen. Er hatte noch mit dem alten Melling an jenem Abend bis tief in die Nacht hinein im Büro gearbeitet und ihn dann in die Wohnung mitgenommen, um mit ihm zu Abend zu essen. Damit wollte er dem fleißigen Mann auch seine besondere Anerkennung ausdrücken. Sie waren noch länger beisammengesessen und hatten eine Flasche Wein getrunken. Und als der alte Melling ging, hatte Joachim wohl noch den Lichtschein aus dem Park gesehen, sich aber nicht weiter darum gekümmert. Bevor der Morgen graute, hatte die Mutter ihn geweckt und ihm berichtet, dass in der Laube noch immer das Licht brenne. In der Meinung, Sibylle hätte vergessen, es auszulöschen, war er hinausgegangen und hatte die schreckliche Tat entdeckt, woraufhin er sofort die Polizei verständigt hatte.

Aber Joachim wusste von einem geheimnisvollen Fremden zu berichten, den er wiederholt bei seiner Schwägerin gesehen haben wollte. Ihm gegenüber gab er sich als Versicherungsvertreter aus, als er ihn einmal im Park gestellt hatte. Den Versicherungsvertreter habe er ihm sowieso nicht abgenommen, vielmehr glaube er, dass er ein Geliebter von Sibylle Urban gewesen sei.

Das war immerhin ein Hinweis, den die Kriminalpolizei sofort aufgreifen konnte. Aber wer war dieser Mann? Niemand kannte seinen Namen. Joachim konnte nur eine vage Beschreibung von ihm geben. Er hatte ihn nur bei Nacht gesehen oder bei ihr im Auto, aber er hatte gewöhnlich eine Sonnenbrille getragen.

Die Fahndung setzte ein, verlief jedoch ergebnislos und Anna blieb weiterhin in Untersuchungshaft, obwohl ihr von allen Seiten das beste Zeugnis ausgestellt wurde. Besonders setzte sich Joachim Urban für ihre Unschuld ein.

Aber das Motiv war da, und solange ihre Unschuld nicht bewiesen war, blieb auch der Verdacht bestehen. Sie war zu der fraglichen Zeit im Park gewesen, der Suchhund hatte ihre Spur aufgenommen. Sie hatte bereits gestanden, dass sie, falls ihr Bruder zum Mörder werden wollte, ihm darin zuvorkommen würde.

Das war das Schwerwiegendste.

Alexander Hofer war allein heimgekehrt. Seine Leute waren draußen auf den Feldern bei der Arbeit. Die Kornernte hatte begonnen. Der Mordfall von Ruhbach hatte nicht nur die ganze Bevölkerung in Schrecken versetzt, sondern darüber hinaus im weiten Land großes Aufsehen erregt. Die Zeitungen berichteten ausführlich darüber, auch über die Ergebnisse der polizeilichen Untersuchungen. Die Geschwister Hofer, die im Augenblick als einzige mit dem Mordgeschehen in Verbindung gebracht werden konnten, wurden in diesen Tagen und Wochen oft genannt und es wurde viel über sie gesprochen, egal ob man sie kannte oder nicht.

Es wurde unterschiedlich darüber geurteilt, aber es ging doch alles nur auf den einen Nenner hinaus: Ein junger, überaus tüchtiger und kluger Bursche, erfolgversprechender Landwirt und bekannter Sportler, geführt und wohl behütet von seiner älteren Schwester, fällt der Liebe einer verführerischen Frau zum Opfer, wird betrogen und verliert den Kopf. Die Schwester will ihn retten. Er ist der Bauer, der

Nachfahre einer sehr alten angesehenen Familie. Sie darf ihn nicht verloren gehen lassen …

Wenn Alexander am Abend allein in der großen Stube herumwanderte und keine Ruhe findet, versucht er alle diese unseligen Zusammenhänge zu begreifen und zu erforschen.

Seine feste Überzeugung ist: Nein! Sie hat es nicht getan!

Aber hätte er diese Tat wirklich ausgeführt, wenn er tatsächlich den Mord geplant hätte?

Er wusste nicht, wie die Leute darüber dachten; denn er kam nicht mehr ins Dorf. Er wollte niemandem begegnen. Seine Knechte und Mägde ließen sich nichts anmerken. Sie sagten nichts und fragten nichts. Man konnte von ihren Gesichtern ablesen, was sie dachten: Einmal kommt die Wahrheit schon an den Tag!

Die Ernte war voll im Gang. Das Wetter war gut und beständig.

Ich muss den Kerl finden, der damals in der Nacht zum Haus gekommen und dann aus dem Fenster geflohen ist!, sagte sich Alexander immer wieder. Aber wo? Er kannte keinen Namen. Er wusste nicht einmal genau, wie er aussah. Er musste darüber mit Joachim Urban sprechen. Aber der hatte der Polizei längst gesagt, was er wusste.

Der Fremde war Sibylles Geliebter gewesen. Aber hatte er einen Grund, sie zu töten? Vielleicht aus Eifersucht?

Arme Anna! Sie musste ganz allein die vielen Verhöre aushalten.

Nach etwa einer Woche bekam er einen Brief. Er war ohne Absender, aber Alexander erkannte sofort Annas Schrift.

Erregt brach er den Umschlag auf. Es waren nur ein paar in Hast geschriebene Zeilen.

»Alexander! Kümmere dich nicht um mich, mir geht es gut. Es ist besser, sie meinen, ich hätte es getan. Der Hof braucht einen Bauern. Afra hat mich besucht, ich durfte zehn Minuten mit ihr sprechen. Fahr zum Schwaigerhof, sie warten auf dich. Anna.«

Da würgte es ihn in der Kehle – er konnte nicht mehr anders und brach in Tränen aus.

Es war kein leichter Gang für den jungen Hofer, als er dann an einem Samstag gegen Abend auf den Schwaigerhof zuging, wo noch alle bei der Arbeit waren. Eben fuhr ein Traktor mit zwei angehängten Wagen, die mit gedroschenem Stroh beladen waren, über den Hof dem offen stehenden Scheunentor zu. Unter dem Vordach stand der Mähdrescher, der wohl gerade erst herbeigeholt worden war.

Zunächst sah Alexander nur fremde Gesichter, die ihm aus der Scheune und von der Stalltür aus entgegensahen. Es mochten Dienstboten sein.

Er ging ins Haus und stand in dem breiten, düsteren Gang. Von der Küche her hörte er weibliche Stimmen und das Klirren der Herdringe.

Er stand und wartete, bis endlich eine Tür ging.

Afra stand vor ihm. Sie hatte auf dem Kopf noch den breiten Strohhut mit einem dunklen Band, den sie zum Schutz gegen die Sonnenstrahlen auf dem

Feld getragen hatte. Trotzdem war ihr Gesicht tief gebräunt, ebenso die nackten, schlanken Arme.

Er merkte, wie sie bei seinem Anblick erschrak. Sie blieb stehen und schaute ihn verlegen an.

»Afra!«, flüsterte er. »Wenn du willst, dass ich gehen soll, dann sag es!«

»Nein!«, erwiderte sie nur. »Ich hole die Mutter, der Vater ist mit dem Bruder noch draußen.«

Ehe er etwas sagen konnte, war sie schon fort und in die Küche zurückgegangen. Und er stand da und fragte sich, wie es denn geschehen konnte, dass er sich überhaupt einmal von diesem Mädchen abgewendet hatte. Gab es denn noch einen Menschen auf Gottes Erde, der diesem Mädchen gleichkam an Anmut und Schönheit?

Ja, das, was er in diesem Augenblick fühlte, das war eine herrliche Liebe. Alles andere war Selbstbetrug gewesen, nichts als Begierde.

Er schämte sich, wie er sich wohl noch nie in seinem Leben geschämt hatte.

Da kam die Schwaigermutter, die Hände an ihrer Schürze trocknend und das freundliche Gesicht lächelnd. Sie begrüßte ihn, als wäre nichts gewesen, als hätte es nie eine Enttäuschung gegeben. Sie führte ihn in die Stube. Nach einer Weile erschien auch Afra wieder. Sie hatte ihren Strohhut abgelegt und gab sich auch, als sei nie etwas Böses geschehen. Sie war reifer geworden, gesetzter. Das junge Mädchen von damals hatte sich zu einer schönen Frau entwickelt. Der Gedanke an das, was er diesem Mädchen angetan hatte, wie viele Tränen der Enttäuschung die schönen Augen geweint haben mochten, erschütterte ihn.

Die Bäuerin begann mit ihm ein Gespräch. Sie stellte ihm Fragen über den Hof, die Ernteaussichten und über dergleichen Dinge. Mit keinem Wort erwähnte sie die tragischen Vorgänge, mit denen der Name Hofer in der letzten Zeit verknüpft war. Gewiss hätte sie recht gern Näheres über den neuesten Stand der Angelegenheit erfahren, aber danach zu fragen überließ sie lieber dem Bauern.

Sie erzählte, dass der Ludwig seit dem Frühjahr als Verwalter auf einem Gut im unteren Inntal arbeite und dass es ihm dort recht gut gefalle.

Darauf musste sie in die Küche zurück, um das Essen fertig zu machen, bis die Leute vom Feld heimkämen. Afra solle Alexander inzwischen Gesellschaft leisten.

Alexander und Afra waren nun allein. Sofort stellten sich wieder die anfänglichen Hemmungen ein.

»Wie soll ich das nur verstehen, Afra?«, fragte er. »Ich bin dir und deinen Eltern davongelaufen wie ein erbärmlicher Betrüger. Jetzt, da über mich und die Anna das Verhängnis gekommen ist, kehre ich als verlorener Mensch ohne Anrecht zu euch zurück, und weder du noch deine Mutter weisen mir die Tür! Man führt mich in diese Stube wie einen vertrauten Gast, ohne auch nur mit einem Wort oder Blick anzudeuten, wie tief ich gesunken bin!«

»Der Vater sagt: ›Ein gesundes Holz grünt immer wieder, wenn auch ein Winter darüber hingegangen ist.‹ Als wir von der furchtbaren Sache in der Zeitung lasen, und dass deine Schwester wegen Mordverdachts in Untersuchungshaft sitze, schickte er mich zu ihr. Ich habe mit Anna gesprochen.«

Er nickte. »Sie hat mich aufgefordert, euch zu besuchen. Ich hätte es sonst nicht gewagt.«

»Ich weiß es, Alexander; sie hat mir gesagt, dass sie dir schreiben wird. Ich freue mich, dass du gekommen bist!«

Da kam der Bauer mit seinem ältesten Sohn zur Tür herein. Sie begrüßten ihn beide mit der gleichen Unbefangenheit, als fänden sie es selbstverständlich, dass er da war. Auch jetzt wurden nur belanglose Worte gewechselt, bis die Bäuerin zum Essen rief, an dem auch Alexander teilnehmen musste.

Man verbrachte den Feierabend gemeinsam wie früher und erst, als es schon sehr spät geworden war, war Alexander mit dem Bauern allein. Sie saßen in der Stube und tranken den Wein, den die Bäuerin für sie noch auf den Tisch gestellt hatte.

Und als dann endlich das Stichwort gefallen war, konnte Alexander sich nicht mehr halten und erzählte dem Bauern die ganze Geschichte seiner unseligen Liebschaft, die jedoch schon vor dieser erschreckenden Mordtat ihr Ende gefunden hatte. Er beschönigte nichts und legte vor dem biederen Bauersmann eine Beichte ab, er beschuldigte sich und klagte sich an.

Es drängte ihn dazu, mit diesem Mann zu sprechen, wie er zu einem Vater gesprochen hätte. Er fühlte plötzlich, dass er in seiner seelischen Not einen Vater brauchte, der ihn mit aufmunternden und mit strengen Worten aufrüttelte aus seiner Hoffnungslosigkeit.

Er hatte versagt, ganz kläglich und schimpflich. Das bekannte er offen und ging rücksichtslos mit sich ins Gericht.

Der Bauer aber sagte sich, dass so nur ein Hofer sprechen konnte.

»Und die gute Anna sitzt heut in Untersuchungshaft und erträgt die ganze Schande!«, klagte Alexander. »Man will ihr noch immer nicht glauben, dass sie unschuldig ist.«

»Ich kenne deine Schwester ja nicht persönlich, aber was ich von ihr gehört habe, genügt mir, um überzeugt zu sein, dass sie zu einer solchen Tat nicht fähig ist«, begann der Bauer. »Aber die Charaktereigenschaft allein genügt den Herren vom Gericht nicht, den Verdacht fallen zu lassen. Sie beschäftigen sich mit dem Motiv. Das Motiv ist leider gegeben. Deine Schwester ging in ihrer Wahrheitsliebe sogar so weit, dass sie ohne Zögern zugab, sie hätte diesen Mord auf sich genommen, wenn sie keine andere Möglichkeit mehr gesehen hätte, ihren Bruder vor der Tat zu bewahren. Es wird noch einige Zeit dauern, bis das Gericht sich von ihrer Unschuld überzeugen lässt. Man braucht nur nachzulesen, wie lange oft Menschen in Untersuchungshaft bleiben, wenn ein Fall wie dieser fast unlösbar verstrickt ist.«

»Man müsste den wirklichen Täter finden!«

»Wo ist er?«, fragte der Bauer. »Ich weiß, es wurde sogar öffentlich zur Mitfahndung aufgerufen nach einem Unbekannten, der mit der Ermordeten schon gesehen wurde. Aber die Sache verlief im Sand. Offenbar existiert dieser Mann nicht. Die Hauptsache ist, dass wir alle von der Unschuld deiner Schwester überzeugt sind. Und das sind wir doch?«

»Ich will es nicht glauben, dass sie es getan hat!«, stieß Alexander hervor.

Der Bauer schaute ihn betroffen an. »Das heißt so viel, dass sich auch dir dieser Gedanke aufdrängen möchte? Dir, ihrem Bruder?«

»Sie war oft so erregt, verschlossen und hat mich mit Augen verfolgt, die mich erschreckten!«

»Das war ihre Angst. Sie wusste nicht, was in dir vorging. Hättet ihr doch einmal offen miteinander gesprochen!«

»Nein, sie hat es nicht getan!«, stieß Alexander hervor.

»Nein, sie hat es nicht getan, sonst hätte sie es längst gestanden. Sie kann nicht lügen! – Und dich erinnere ich daran, dass du ein Hofer bist! Was geschehen ist, ist vorbei. Du bist wieder da – ich habe dieselbe Freude wie der Vater im Evangelium vom verlorenen Sohn, der die besten Tiere zum Freudenmahl schlachten ließ. Es ist nichts verloren, für dich nichts und für deine Schwester nicht. Die Hofers existieren.«

»Ich habe die Afra verloren!«

Der Bauer bewegte verneinend den Kopf. »Die Afra ist meine Tochter. Sie hat dir längst alles verziehen. Komm häufiger zu uns, Alexander, wie früher. Es wird alles gut!«

21

Es wurde Herbst und Anna war immer noch in Haft. Es gab jetzt zahlreiche Menschen, die anfingen an ihrer Unschuld zu zweifeln. Man ließ sich von dem Gedanken verleiten, den sich auch der Untersuchungsrichter zu eigen gemacht hatte, dass sie in Verzweiflung die Tat begangen hätte, in ihrer übersteigerten Angst, ihr Bruder könnte sich nach der erfahrenen Schmähung und Erniedrigung aus Rache mit Mordgedanken getragen haben. Vielleicht hatte er sogar eine derartige Äußerung getan. Man wusste, was Anna für ihren Bruder getan hatte und wie viel sie von ihm hielt. Er war der Inhalt ihres Lebens gewesen, sie hatte ihn vergöttert. Ihr ausschließliches Bestreben war es gewesen, ihn zu einem Hofer zu machen, der aus allen Generationen hervorstach. Ihn wegen einer verwerflichen Mordtat für sein Leben ins Zuchthaus wandern zu sehen, das musste sie mit allen Mitteln verhindern, und wenn sie für ihn die Tat begehen müsste.

Aber warum gestand sie es nicht? Ein offenes Geständnis und die Gründe zur Tat hätten sicherlich mildernde Umstände erwirkt. War sie geistig so verwirrt gewesen, dass sie nicht einmal mehr unterscheiden konnte, ob sie es nur hatte tun wollen oder wirklich getan hatte? Es wurde jedoch berichtet, dass sie geistig völlig gesund sei. Daran gab es auch nichts zu zweifeln. Aber wer konnte denn wissen, in welcher Verfassung sie damals wirklich gewesen war?

»Sie hat es nicht getan!«, behauptete Joachim Urban. Dasselbe sagten auch die Leute vom Schwaigerhof.

Alexander hatte die Leitung des Hofes für eine Woche seinen Dienstboten anvertraut, nachdem über die vorgeschriebene Zeit an der Gemeindetafel sein Aufgebot angeheftet gewesen war.

Er fuhr zunächst in die Stadt und besuchte seine Schwester. Er durfte mit ihr sprechen und ihr mitteilen, dass es ab nächster Woche auf dem Hof eine junge Bäuerin gebe.

»Die Afra!«

Anna rannen die Tränen über die Wangen.

»Es ist alles gut, Alexander!«, sagte sie. »Es ist nur die Freude, die mich überwältigt hat.«

»Wir werden an dich denken, Anna, denn ohne dich hätte es nie diesen glücklichen Tag gegeben.«

»Sie wollen mir noch immer nicht glauben. Aber das tut nichts. Nur ihr – ihr dürft nicht an mir zweifeln! Das tut ihr nicht, gelt, Alexander?«

»Nein.«

»Ich danke dir für alles, mein kleiner Bruder! Es war einmal eine schöne Zeit!«

»Sie kommt bald wieder, auch für dich!«

»Behüt dich Gott, mein Hofer!«

Die Trauung fand still und doch feierlich in Afras Heimat statt. Es war eine kleine schmucke Dorfkirche, in der sie vor dem Altar standen und den Segen des Priesters empfingen.

Nach ein paar Tagen fuhr das jungvermählte Paar ab, ihm folgte statt des tradionellen Kammerwagens ein Transportauto, das mit der Aussteuer der Braut beladen war.

Es gab einen frühen Winter. Schon gleich nach Martini fiel der Schnee und die Kälte brach ein und es sah nicht so aus, als ob sich das bald ändern würde. Das Barometer stand auf Sturmtief und jeden Morgen musste man zuerst einen Weg in den Neuschnee pflügen, wenn man zum Hof hinauskommen wollte.

Die Bauern fuhren auf ihren Bodenschlitten ins Holz oder holten das eingelagerte Heu heim in die Stadel.

Die Transportfahrer der Brauerei legten den Reifen Ketten an; denn im Gebirge gab es bereits gefährliches Glatteis. Es war eigentlich viel zu früh für den Wintereinbruch, aber die Leute trösteten sich: »Strenge Herren regieren nicht lang!«

Die Wohnung von Sibylle Urban war von der Polizei oftmals durchsucht worden, ohne eine Spur zu finden, die zu einer Klärung der Mordtat oder gar zu einer Ergreifung eines weiteren Verdächtigen geführt hätte. Es wurden ihre Schriftsachen kontrolliert, aber nichts weiter gefunden als harmlose Briefe aus früherer Zeit, ein paar Mahnschreiben von Firmen und Kreditinstituten, denen sie einmal Geld geschuldet, aber dann bezahlt zu haben schien, ein paar Liebesbriefe von Otto Urban.

Nichts ließ sich finden, womit sich ein Verdacht auf einen Unbekannten, von dem die Rede gewesen war, bestätigen ließ. Kein Drohbrief, kein Nachweis, dass eventuell ein Eifersuchtsdelikt vorlag, kein Anzeichen, dass die Frau auch noch mit einem anderen Menschen in näherer Beziehung gestanden hatte.

Es gab kein neues Motiv.

Solange die Untersuchungen andauerten, wurde die Wohnung versiegelt, dann erst wurde sie den gesetzmäßigen Besitzern, der alten Frau Urban und ihrem Sohn Joachim freigegeben.

Natürlich wurde die Wohnung vorläufig nicht betreten, geschweige denn bezogen. Joachim hatte kein Verlangen, sich in Räumen aufzuhalten, die von dieser unseligen Person bewohnt worden waren und die alte Frau hätte sich gefürchtet, wenn sie sie hätte betreten müssen. So blieb für lange Zeit alles, wie es war. Erst als der Schnee fiel und manchmal etwas zu hören war wie ein leises, gleichmäßiges Klopfen, als tropfe irgendwo Wasser, überredete die alte Frau ihren Sohn an einem Abend, er möge doch einmal in der unteren Wohnung nachsehen, was dieses ständige Klopfen zu bedeuten habe. Es könnte womöglich ein Wasserrohr gerissen sein, oder es drang an irgendeiner schadhaften Stelle Wasser ein, wodurch in kurzer Zeit die Wohnung zerstört und große Reparaturen erforderlich würden.

So sperrte Joachim an einem Abend die unheimliche Wohnung auf, machte Licht und suchte nach der Ursache des ständigen Klopfens. Er fand sie an einem der Heizkörper, an dem die Dichtung schadhaft geworden war, wodurch Wasser hervordrang und taktmäßig auf den Boden tropfte, wo es sich zu einem Rinnsal angesammelt hatte und seinen Weg zum Teppich nahm, der sich bereits vollgesaugt hatte.

Er ging sofort daran, den Schaden zu beheben, und die Mutter war äußerst beruhigt, als sie nun endlich wusste, woher das unheimliche Klopfen gekommen war.

Joachim riss die Fenster auf, denn die Luft roch alt und moderig, er blickte über die Gegenstände hin und stellte fest, dass die Beamten bei ihren Durchsuchungen große Ordnungsliebe bewiesen hatten, denn es lag nichts herum. Sie hatten alles wieder sauber aufgeräumt.

Sie hatten nichts gefunden ...

Joachim rollte den Teppich auf, um die Nässe am Boden auftrocknen zu können.

Da kam ein kleiner Fetzen Papier zum Vorschein, völlig durchnässt klebte er am Boden. Es war ein Fetzen wie von einem zerrissenen Brief, der vielleicht auf den Boden geflattert und unter den Teppich geraten war, ohne dass es jemand bemerkt hatte.

Joachim kniete auf dem Boden und neigte sich über den Fund, der der Polizei entgangen zu sein schien. Welch ein Zufall, dass er ihn fand!

Die Schrift war verwaschen, aber sicher hatte man bei der Polizei Mittel, um sie wieder entziffern zu können. Er sah nur so viel, dass ein paar Zeilen darauf standen und darunter ein Name.

Stammte er noch von seinem Bruder?

Unmöglich, so lange war der Teppich nicht unberührt liegen geblieben. Der Zettel musste erst kurz vor Sibylles Tod unbemerkt in dieses Versteck geraten sein. Sie schien in Wut einen Brief zerrissen und vernichtet zu haben. Dabei war dieser Fetzen verloren gegangen.

Aber darauf war ein Name geschrieben.

Sollte das der Schlüssel zu dem Geheimnis sein? Joachim wusste es nicht, aber man durfte nichts unbeachtet lassen. Es ging um die Freilassung von Anna Hofer, an deren Unschuld er noch keinen Augenblick gezweifelt hatte.

Als er später zu seiner Mutter zurückkehrte, fragte sie ihn, was er denn so lange in der Wohnung getan hatte.

»Ich musste einmal alle Räume gründlich lüften.«

Das verstand sie.

»Haben die Polizeileute recht herumgewütet?«

»Gar nicht, es ist alles in Ordnung.«

»Ich werde bei Tag einmal den Staub aufwischen.«

Dagegen hatte er nichts einzuwenden. In gleichmütigem Tonfall erklärte er: »Ich fahre morgen in die Stadt, Mutter.«

Sie nickte nur dazu und fand nichts Besonderes daran.

Joachim suchte seinen Anwalt auf.

»Ich hätte gute Lust, gegen die Staatsanwaltschaft einen Prozess zu führen, Herr Doktor!«, sagte er. »Ist es überhaupt statthaft, einen Menschen so lange festzuhalten, der völlig unschuldig ist? Das ist Freiheitsberaubung!«

Der Anwalt, ein älterer, kahlköpfiger Mann mit starken Brillengläsern, zuckte die Schultern.

»Ich fürchte, man hat doch zu viele Dinge in der Hand, die den Verdacht rechtfertigen.«

»Warum gibt es dann nicht längst eine Verhandlung?«

»Weil die Voruntersuchungen noch nicht abgeschlossen sind.«

»Inzwischen aber kann ein Mensch verzweifeln! Sie müssen mir helfen, Herr Doktor! Ich habe etwas gefunden, was der Polizei entgangen sein muss, nur durch einen bloßen und, wie ich hoffe, glücklichen Zufall.«

Er legte dem Anwalt die Brieffetzen vor und erzählte, auf welch seltsame Weise er den Fund gemacht hatte.

Der Anwalt telefonierte sofort mit dem Staatsanwalt.

Es war Tage später, noch bevor die Zeitungen von der sich anbahnenden Wendung im Mordfall Urban unterrichtet waren und berichten konnten, als Joachim Urban am frühen Nachmittag in Richtung Hofers ging.

Es herrschte ein starker Schneesturm und der kräftige Mann musste sich gegen die Böen stemmen. Schauerartige Gestöber gingen nieder und bauten weiter an der dichten Schneedecke und verwehten die Wege.

Es wurde früh dunkel.

Afra musste ihren jungen Bauern in der Getreidekammer suchen, wo er mit den Knechten das Korn in Säcke füllte und abwog, das zur Ablieferung gebracht werden sollte.

»Was führt dich zu mir, Joachim?«, fragte Alexander und suchte den Anlass dieses ungewöhnlichen Besuches vom Gesicht des Mannes abzulesen. Aber es war verschlossen und unbeweglich wie immer. Das tauende Schneewasser rann ihm über die Stirn.

»Ich hab eine Mitteilung für dich: Anna wird aus dem Gefängnis entlassen!«

Einen Augenblick war Totenstille, dann stieß Afra einen Ruf der Freude aus.

»Wer sagt das?«, fragte Alexander zweifelnd.

»Ich war heut bei meinem Anwalt: Der Täter konnte aufgespürt und verhaftet werden. Er hat bereits ein Geständnis abgelegt.«

Alexander schaute seinen düsteren Nachbarn nur entgeistert an. Sein Gesicht wurde bleicher und bleicher. Er wollte etwas sagen und bewegte nur lautlos den Mund.

Afra fiel ihrem Mann erschüttert um den Hals.

»Hörst du nicht, Alexander? Anna ist frei!«

Der Blick des jungen Hofer irrte zum Fenster, an das der Schnee fiel. Das Wasser rann an den Scheiben herab. Im Kamin sang der Wind, im großen Kachelofen brannten die Holzscheite an, die Afra vorher nachgelegt hatte. Es prasselte und krachte.

Mit halblauter Stimme begann Joachim Urban zu berichten: »Der vermeintliche, unglaubwürdige Versicherungsvertreter, von dem eine Zeitlang die Rede gewesen war, ist in Wahrheit ein stellenloser Kellner, der es nie länger als ein paar Wochen auf einem Arbeitsplatz ausgehalten hat. Entweder lief er sofort wieder davon, nicht ohne Mitnahme einiger Dinge, die ihm nicht gehörten, oder er wurde wegen Unzuverlässigkeit entlassen. Trotzdem fand er lange Zeit immer wieder ein Türchen, wo er anderswo eingelassen wurde. Sein gutes Aussehen brachte ihn schließlich auf den Gedanken, er könnte sein Glück einmal mit Hochstapelei versuchen. Als angeblicher Anwärter auf das Erbe seines kinderlosen schwer reichen Onkels, der mehrere Fabriken besaß, gelang es ihm, einige Frauen durch Heiratsschwindel hereinzulegen, ihnen Geld abzunehmen und dann zu verschwinden. So lernte er auch Sibylle Deger kennen, die in einem Nachtlokal als Barmädchen hinter der Theke gestanden hatte. Sie sah attraktiv aus und hatte auch ein wenig Geld gespart. Sie war das Objekt, bei dem er jetzt sein Glück versuchte. Es gelang ihm auch, diesem Mädchen seine alte Lüge glaubhaft und die gemeinsame Zukunft mit ihm schmackhaft zu machen.«

Afra hatte inzwischen dem Besucher einen Stuhl zugeschoben, aber er setzte sich nicht. Er stützte nur die Hand auf der Lehne auf.

Alexander schaute ihm unverwandt in das bewegungslose, versteinerte Gesicht.

Joachim fuhr in seiner Erzählung fort: »Es kam zwischen den beiden zu Beziehungen, die nicht ohne Folgen blieben. Sibylle Deger erwartete ein Kind. Das konnte den Mann nicht erschrecken und er versprach sie zu heiraten, wovon ihn weder sein Onkel noch sonst irgendjemand abbringen konnte. Sibylle glaubte ihm und zählte ihm auch noch den Rest ihrer Ersparnisse hin, um ihm aus einer abermaligen augenblicklichen Geldverlegenheit zu helfen, in die er öfter wegen verzögerter Spesenabrechnung geriet. Bald darauf aber war der vermeintliche Universalerbe verschwunden und Sibylles Nachforschungen ergaben, dass er wegen Großbetrügereien und Hochstapelei verhaftet und eingesperrt worden war. Das völlig verarmte Mädchen brachte das Kind in einem Fürsorgeheim zur Welt, gab es dort in Pflege und kehrte zu seiner Arbeit zurück. Bald darauf lernte Sibylle meinen Bruder kennen, der sich mit Haut und Haaren in sie verliebte. Es dauerte jedoch noch lange, bis mein Bruder das Mädchen heiraten konnte, denn er fürchtete den Einspruch des Vaters, der gewiss noch sein Testament umgeworfen hätte, wenn er erfahren hätte, dass der Bauereierbe ein Barmädchen zu seiner Frau nahm. Erst als der Vater tot war, konnte Otto seine Geliebte heiraten. Aus Furcht, er könnte sie doch noch verlassen, verschwieg sie ihm ihr Kind, besuchte es von Zeit zu Zeit heimlich und bezahlte das Geld für den Unterhalt ein. Aber da tauchte eines Tages der Vater des Kindes wieder auf, der inzwischen aus der Strafanstalt entlassen worden war. Er witterte sofort ein neues Geschäft, als er in Erfahrung gebracht hatte, dass die ehemalige Geliebte ihr Kind verschwiegen und einen vermögenden Mann geehelicht hatte. Er begann, sie zu erpressen, und stellte immer höhere Forderungen an sie. Aus Furcht vor der öffentlichen Bloßstellung bezahlte sie ihm fortlaufend Schweigegeld. Er verfolgte sie auch noch mit seinen Erpressungen, als sie schon Witwe geworden war. Eines Tages aber brach Sibylle zusammen. Sie drohte dem

Erpresser mit Anzeige, wenn er sie nicht endlich in Ruhe lasse. Sie war am Ende ihrer Kraft und wollte lieber die Schande und den Spott auf sich nehmen. An jenem Abend aber, als sie in der Laube des Parkes die Anzeige niederschrieb, die den Erpresser auf Jahre hinaus ins Zuchthaus gebracht hätte, wurde sie von ihm dabei überrascht und getötet. Er verstand es, alle Spuren zu verwischen und zu verschwinden, ohne von jemandem gesehen worden zu sein.«

Es trat eine lange und tiefe Stille ein, als Joachim seine Erzählung beendet hatte. Sowohl Afra als auch Alexander starrten ihm ins Gesicht, das nichts von einer innerlichen Regung oder gar von Mitgefühl verriet. Joachim Urban konnte nicht heraus aus seiner Haut.

»Das arme Kind!«, ließ Afra sich hören. »Was soll mit ihm geschehen?«

»Ich habe mit meiner Mutter gesprochen, wir werden es zu uns nehmen«, sagte Joachim. »Es kann ja nichts dafür.«

Jetzt schien ihn doch so etwas wie Rührung zu überkommen; denn er fuhr sich mit der Hand über seine Stirn, als wollte er den Schweiß fortwischen.

»Das Wetter ist schlecht«, fuhr er fort. »Als man die Anna wegholte, war es Sommer. Ich denke, dass sie nicht einmal warme Kleidung bei sich hat. Vergesst nicht, ihr welche mitzubringen! Und jetzt – behüt euch Gott mitsammen!«

Dann ging er.

Die beiden jungen Bauersleute sahen sich lange schweigend und ergriffen an.

»Du musst gleich morgen mit dem ersten Zug in die Stadt fahren, Alexander!«, sagte Afra ganz aufgeregt.

Er ging zum Fenster und schaute auf das Schneetreiben.

»Oder soll ich es tun?«, fragte sie.

Er gab ihr noch immer keine Antwort.

Da näherte sie sich ihm und berührte ihn.

»Hörst du, Alexander?«

Er wandte sich zu ihr um und sie sah, wie bleich er geworden war.

»Was hast du? Freust du dich nicht?«

Er schaute gedankenverloren zur Tür, durch die Joachim Urban eben gegangen war. Dann sagte er: »Hast du gehört, was dieser Urban Joachim für unsere Anna getan hat? Er hat keine Stunde geruht, solange er nicht den Beweis ihrer Unschuld in Händen hatte. Und ich? Was habe ich für sie getan? Nichts! Gar nichts!«

»Du konntest nichts für sie tun, Alexander, so wenig wie ich!«

»Ich hätte wenigstens davon überzeugt sein müssen, dass sie unschuldig ist! Das musste ich mir erst von diesem Urban Joachim beweisen lassen!«

Sie schaute ihn mit ihren großen Augen erschrocken an. »Du hast doch nicht etwa ...?«

»Jawohl, Afra, ich gestehe es: Ich habe gezweifelt bis zum heutigen Tag! Ich zweifelte an meiner eigenen Schwester! Ist das nicht furchtbar?«

Seine Stimme erlosch.

Afra standen die Tränen in den Augen. »Alexander, daran dürfen wir nicht mehr denken und erst recht nicht mehr davon sprechen! Wir sollen und müssen uns freuen!«

Er strich ihr über das Haar.

»Meine liebe Afra, du verdienst den Namen Hofer besser als ich! Ja, ich freue mich! Morgen fahre ich in die Stadt und hole sie ab. Richte alles zusammen, was ich ihr bringen soll, den Mantel, feste Schuhe, die Pelzmütze. Es muss alles in ihrem Schrank sein.«

Afra nickte unter Tränen. »Und wenn ihr kommt, wird das ganze Haus warm sein, ich werde am Fenster stehen und warten, bis ihr über den Hügel heraufkommt. Die Hofers! Wie stolz bin ich, dass ich bei euch bin!«

Er drückte sein Gesicht an ihre Wange und sie spürte, dass es feucht war.